dtv

Nein, zartfühlend sind sie nicht, die jungen Leute von heute! Mag ihre Erscheinung auch noch so unschuldig sein, sie haben es faustdick hinter den Ohren, und die Witze, die sie sich in der Schule zuflüstern, machen vor Tod und Teufel nicht Halt.

Sophie C. Wolff (17) ist nicht leicht zum Lachen zu bringen. Sie lebt in München und bereitet sich auf das Abitur vor.

333 böse Witze

Versammelt von
Sophie C. Wolff

Deutscher Taschenbuch Verlag

Originalausgabe
September 2005

www.dtv.de
Umschlagkonzept: Balk & Brumshagen
Umschlagbild: © Superbild
Satz: Fotosatz Reinhard Amann, Aichstetten
Gesetzt aus der Advert 10/12' (QuarkXPress)
Druck und Bindung: Druckerei C. H. Beck, Nördlingen
Gedruckt auf säurefreiem, chlorfrei gebleichtem Papier
Printed in Germany · ISBN 3-423-20836-8

Mit schlotternden Knien legt sich ein Herr auf den Behandlungsstuhl beim Zahnarzt. »Nur keine Aufregung«, beruhigt ihn der Arzt, »ich garantiere Ihnen, dass Sie nichts spüren werden!«
Darauf der Patient: »Sparen Sie sich das Gerede! Ich bin selber Zahnarzt!«

Auf dem Eiffelturm stehen drei junge Männer. Der eine stellt sich aufs Geländer und springt. Er landet sanft auf dem Boden und kauft sich ein Croissant. Dann springt der zweite, landet höchst anmutig und kauft sich Crêpes Suzette. Der letzte, etwas schockiert, aber mutig, steigt aufs Geländer, schaut sich noch einmal um, springt, stürzt wie ein Stein, klatscht auf den Boden und ist mausetot. Da kommen die beiden anderen Typen zurück und betrachten den Leichnam. »Du«, sagt der eine und grinst. »Für Engel sind wir eigentlich ganz schön gemein . . .!«

Ukraine: Kommt der Enkel zum Opa und sagt: »Opa, erzähl mir von Tschernobyl!« Daraufhin der Opa: »Lang, lang ist's her, mein Junge . . .« — und streichelt dem Kind zuerst den einen und dann den anderen Kopf.

Am Elternabend sagt ein Vater: »Von Intelligenztests halte ich nichts, die sind mir zu kompliziert!«
Darauf die Schulpsychologin: »Es gibt auch sehr einfache Fragen wie diese: Captain Cook machte drei Weltreisen. Auf einer davon starb er. Auf welcher?«
»Das war ... äh, sagen Sie, müssen es unbedingt Fragen aus der Geschichte sein?«

»Gestern habe ich die Rede des Regierungschefs gehört. Er hat zwei Stunden geredet!«
»Worüber?«
»Das hat er nicht gesagt!«

Was sagt ein arbeitsloser Philosoph zu einem Philosophen, der gerade Arbeit gefunden hat? »Bitte einmal Pommes mit Mayo!«

Fragt die Lehrerin: »Wenn ich sage: *Ich werde pensioniert,* was ist das dann für eine Zeit?«
Grummelt der Schüler: »Höchste Zeit!«

Zu DDR-Zeiten saßen drei Gefangene in Bautzen.
1. Gefangener: »Warum sitzt ihr?«
2. Gefangener: »Ich kam immer fünf Minuten zu früh. Da hat man mich wegen Spionage verurteilt!«
2. Gefangener: »Und warum sitzt du?«
1. Gefangener: »Ich kam immer 5 Minuten zu spät. Da hat man mich wegen Sabotage verurteilt!«
1. Gefangener wendet sich an den 3. Gefangenen: »Und du? Warum sitzt du?«
3. Gefangener: »Ich kam immer pünktlich. Da sind sie draufgekommen, dass ich eine West-Uhr hatte!«

Ein Cowboy kommt in den Saloon und brüllt: »Wer hat meinen Gaul geklaut?«
Er sieht sich drohend um: »Ich geh in fünf Minuten raus, und wenn er dann nicht wieder da ist, passiert das Gleiche wie vor elf Jahren in Sylvester City!«
Er geht raus und kommt zufrieden wieder. »Glück gehabt!«, murmelt er.
»Aber was ist denn vor elf Jahren in Sylvester City passiert?«, will einer wissen.
»Damals musste ich fünfzig Meilen nach Hause laufen!«

Frau Reiter ärgert sich über ihre kleine Tochter: »Sissi, wenn du immer so frech bist, dann bekommst du später mal ganz freche Kinder!«
Darauf die Kleine: »Na, Mama, jetzt hast du dich aber verraten!«

Sie liegen nach einem netten Beisammensein zusammen auf der Couch und unterhalten sich:
»Partnertausch ist wirklich nicht ohne!«
»Ja, aber ich wüsste wirklich gerne, was unsere Frauen jetzt machen!«

»Immer, wenn ich ein dummes Gesicht sehe, muss ich laut lachen!«
»Interessant, und wie schaffen Sie es, sich zu rasieren?«

Warum ist die Aussage ›Für die einen ist es Windows, für die anderen der größte Virus der Welt‹ inhaltlich nicht korrekt?
Ein Virus funktioniert zuverlässig!

Der Pfarrer auf Urlaub in Afrika sieht sich plötzlich von einem Rudel Löwen umzingelt. Die Flucht ist ausgeschlossen. Da fällt er auf die Knie, schließt die Augen und betet: »Oh Herr, verschone mich und gib mir ein Zeichen Deiner Gnade! Befiehl diesen Löwen sich wie echte Christen zu verhalten!«
Als er wieder aufblickt, sitzen die Löwen im Kreis um ihn herum, haben die Pfoten gefaltet und beten: »Komm Herr Jesus, sei unser Gast und segne, was du uns bescheret hast!«

Erich Honecker besucht einen Kindergarten in Ost-Berlin. Eifrig haben sich die Kleinen darauf vorbereitet. Nun fragt Erich den kleinen Karl: »Na mein Kleiner, wer ist denn dein Vater?« »Du, Onkel Erich!«
Erich freut sich und fragt weiter: »Soso, und wer ist deine Mutter?«
»Das ist die DDR, Onkel Erich!«
Wieder freut sich Erich und fragt: »Und was möchtest du werden, wenn du groß bist, mein Kleiner?« »Vollwaise, Onkel Erich!«

Steht ein Mann mit Glatze vor dem Spiegel und sagt: »Das soll mir mal einer nachmachen! Jetzt bin ich schon fünfundsechzig und immer noch kein einziges graues Haar!«

Arzt: »Rauchen Sie?«
Patient: »Nein!«
Arzt: »Trinken Sie?«
Patient: »Nein!«
Arzt: »Grinsen Sie nicht so blöd, ich finde schon noch was!«

»Das ist das stärkste Modell, das wir haben«, sagt der Staubsaugervertreter voll Stolz, als er endlich den Motor abstellt.
»Kann schon sein«, sagt Frau Niedlich empört. »Aber jetzt will ich sofort meinen Rock wiederhaben!«

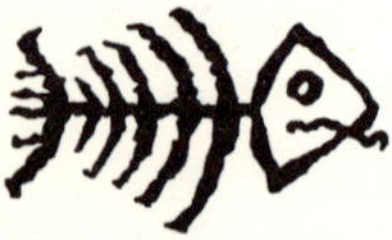

»Verlangt dein Vater auch, dass du vor jeder Mahlzeit betest?«
»Nein, meine Mutter kocht eigentlich ganz gut!«

Ein Busfahrer steht vor Gericht.
Der Richter: »Sie strapazieren langsam meine Geduld! Zum letzten Mal: Wie konnte es passieren, dass der Bus frontal gegen einen Baum gefahren ist?«
Der Busfahrer: »Zum hundertsten Mal, ich weiß es nicht, ich habe gerade hinten kassiert!«

Auf der Baustelle: Johann B. fällt vom Gerüst und ist tot. Die Kollegen knobeln aus, wer von ihnen zu Johanns Frau nach Hause geht, um ihr die Nachricht zu überbringen. Das Los fällt auf Max. Nach einer Stunde kommt Max mit vier Kästen Bier zurück. Die Kollegen fragen ihn entrüstet, wo er denn gewesen sei. Darauf Max: »Ja, ich kam dort an, hab an der Tür geklingelt, die Frau hat aufgemacht, ich frag sie: Sind Sie die Witwe B.? Darauf sagt sie: Nein!
Darauf ich: Wetten wir um vier Kästen Bier?«

»Mami, Mami, Papi hat sich auf'm Dachboden erhängt!«
»Mach keine Witze!«
»Na gut, er hängt im Keller!«

Fritz-Georg meldet sein achtes Kind zur Taufe an. Der Pastor ist überrascht: »Nanu, Sie schon wieder.«
»Natürlich. In der Bibel steht doch geschrieben: *Seid fruchtbar und mehret euch*, oder?«
»Das stimmt schon. Aber die Bibel ist doch nicht für Sie allein verfasst worden!«

Eine ältere Dame bringt es nicht fertig, ihren Silvesterkarpfen zu schlachten. Als sie ihn wieder in den Teich gesetzt hat, streckt er plötzlich sein Maul aus dem Wasser und sagt: »Ich sehe, du bist eine gute Frau. Du hast drei Wünsche frei!« Hocherfreut wünscht sie sich: 1. eine neue Wohnungseinrichtung, 2. dass sie wieder zwanzig ist und 3. ihr Kater sich in einen hübschen, jungen Mann verwandelt.
Und wirklich: Zu Hause stehen die modernsten Möbel, im Spiegel erblickt sie ihr Mädchengesicht, und im Wohnzimmer liegt ein Adonis nackt auf der Couch. Überglücklich fällt sie ihm um den Hals.
Sagt der junge Mann mit traurigen Augen: »Gell, jetzt tut es dir leid, dass du mich hast kastrieren lassen?«

Professor sitzt in der Mensa und isst. Ein Student setzt sich ungefragt ihm gegenüber. Etwas verärgert meint der Professor: »Also, seit wann essen denn Adler und Schwein an einem Tisch?«
Der Student: »Okay, dann flieg ich eben weiter …«

Warum sind Schwangere einfach das Beste für Jung-Kannibalen? Wegen der Kinderüberraschung und der Extra-Portion Milch!

In einem Wald lebten der große Bär, übelgelaunt, weil er zu wenig Sex hatte, und der kleine, aber clevere Hase. Aus Frust schlug der Bär den Hasen regelmäßig grün und blau. Eines Tages erschien eine gute Fee. Der Bär und der Hase durften jeweils abwechselnd einen Wunsch äußern (3 pro Person).
Zuerst war der Bär dran: »Ich wünsche mir, dass alle Bären in diesem Wald weiblich sind!« Bums, geschehen.
Der Hase: »Ich wünsche mir ein schnelles Motorrad, damit ich vor dem großen übelgelaunten Bär abhauen kann!«
Bums, geschehen.
Der Bär nun wieder: »Ich wünsche mir, dass alle Bären im Nachbarwald weiblich sind!«
Bums, geschehen.
Hase: »Wenn ich jetzt ein Motorrad habe, dann brauche ich auch einen Helm!«
Bums, geschehen.
Nun der Bär wieder: »Ich wünsche mir, dass alle Bären auf der ganzen Welt weiblich sind!«
Bums, geschehen.
Da sagt die gute Fee zum Hasen: »Na, du brauchst bestimmt noch ein paar schöne Stiefel?«
»Nö«, sagt der Hase. »Ich wünsch mir bloß, dass der große Bär schwul ist!«, schwang sich auf sein Motorrad und fuhr von dannen.

Vier Schiffbrüchige – drei Männer und eine Frau – stranden auf einer einsamen Insel. Natürlich müssen sie sich überlegen, wie sie ihr Leben organisieren, insbesondere, wenn es um gewisse Bedürfnisse geht. Man kommt zu der Entscheidung, dass sich jeden Tag ein anderer Mann zur Frau begeben darf. Auch die Frau hat nichts gegen diese Entscheidung einzuwenden. Diese Regelung funktioniert wunderbar, aber leider nur zwei Jahre lang, denn dann stirbt die Frau. Die erste Woche nach dem Tod der Frau war sehr hart, die zweite Woche war nahezu extrem, die dritte Woche war schon fast unerträglich ... und in der vierten Woche wurde die Frau dann begraben!

Großbritannien. Bundeskanzler Kohl darf als dienstältester Staatschef in der Pferdekutsche von Queen Elizabeth mitfahren. Plötzlich lässt eines der Pferde einen Furz von erlesener Widerwärtigkeit, den man bis in die Kutsche hinein riecht. Auch Kohl nimmt den Gestank wahr, sagt aber natürlich nichts. Als die Queen den Geruch bemerkt, ist ihr das sehr peinlich, und sie sagt: »Oh, I'm so sorry!« Darauf Kohl: »Hochverehrte Majestät, wenn Sie sich jetzt nicht entschuldigt hätten, dann hätte ich doch glatt gedacht, es wäre eines der Pferde gewesen!«

Ein Professor hält vor seinen Studenten einen Vortrag: »Also, wenn Sie alle Ärzte werden wollen, müssen Sie erst einmal den natürlichen Ekel überwinden und eine gute Beobachtungsgabe besitzen!« Der Professor hat eine Leiche vor sich liegen. Er steckt seinen Finger in den Hintern der Leiche und leckt ihn dann ab. »So, jetzt sind Sie dran!« Mit verkniffenem Gesicht machen es die Studenten ihm nach. Darauf der Professor: »So, und jetzt kommen wir zu Ihrer Beobachtungsgabe: Sie sind leider alle durchgefallen! Wenn Sie mir aufmerksam zugeschaut hätten, wäre Ihnen aufgefallen, dass ich den Mittelfinger rein gesteckt und den Zeigefinger abgeleckt habe!«

Das Leben ist eine Krankheit, die durch Geschlechtsverkehr übertragen wird und immer tödlich endet.

Er: »Ich bin Fotograf und suche nach einem Gesicht wie deinem!«
Sie: »Ich bin plastische Chirurgin und suche nach einem Gesicht wie deinem!«

Ein Schriftsteller kommt in den Himmel. Da fragt ihn der Hl. Petrus: »Möchtest du in den Himmel oder lieber doch in die Hölle?«
Sagt der Autor: »Darf ich mir das erst einmal ansehen?«
»Gern«, sagt Petrus, und gemeinsam steigen sie hinab in die Schriftsteller-Hölle. Da sieht man die Autoren am Werk: Sie hacken verzweifelt in die Maschinen, sie raufen sich Haare und schwitzen, sie stöhnen und jammern. Es ist wirklich die Hölle. Der unschlüssige Autor erklärt, er wolle sich nun doch gern den Schriftsteller-Himmel ansehen. »Gern«, sagt der Hl. Petrus, und sie steigen wieder hinauf. Oben sieht es ganz ähnlich aus: Die Autoren hacken verzweifelt in die Maschinen oder kauen am Bleistift, sie schwitzen, sie stöhnen, sie jammern.
»Wo ist denn nun der Unterschied?«, fragt der jüngst verstorbene Autor verzweifelt.
»Je, nun«, sagt der Hl. Petrus und lächelt. »Hier oben werden die Autoren auch wirklich gedruckt.«

Warum schwitzen Männer ab 55 zwischen dem ersten und dem zweiten Geschlechtsakt immer so?
Weil ein Sommer dazwischen liegt!

Ein Philosoph und ein Pfarrer streiten sich darum, wessen Disziplin den höheren Erkenntniswert hat.
Der Pfarrer prahlt überheblich: »Philosophie ist, als ob jemand in einem dunklen Raum mit verbundenen Augen eine schwarze Katze sucht, die es gar nicht gibt!«
Darauf antwortet der Philosoph: »Theologie ist, als ob jemand in einem dunklen Raum mit verbundenen Augen eine schwarze Katze sucht, die es gar nicht gibt ... und dann ruft: Ich hab sie!«

»Mein Onkel ist Pfarrer«, sagt Hansi, »und alle sagen *Hochwürden* zu ihm!«
»Das ist ja noch gar nichts«, sagt Peter, »mein Onkel ist Kardinal, und alle nennen ihn *Eminenz*!«
»Pah«, sagt Karl-August. »Mein Onkel ist drei Zentner schwer, und alle, die ihn sehen, sagen: *Ach, du lieber Gott!*«

Richter: »Angeklagter, erkennen Sie diesen Revolver wieder?«
Angeklagter: »Jawohl!« Richter: »Na endlich!«
Angeklagter: »Natürlich, Sie haben ihn mir ja letzte Woche fast täglich gezeigt!«

Im Central-Park in New York sieht ein Mann, wie ein kleines Kind von einem Kampfhund angegriffen wird. Sofort springt er dazwischen, kämpft mit dem Hund, tötet ihn und rettet das Kind.
Ein zu Hilfe gerufener Polizist geht zu dem mutigen Mann, klopft ihm anerkennend auf die Schulter und sagt: »Ich sehe schon die morgige Schlagzeile vor mir: *Mutiger New Yorker rettet einem Kind das Leben!*«
Der Retter schüttelt den Kopf: »Ich bin aber kein New Yorker!«
»Na ja!«, antwortet der Polizist. »Dann steht da eben: *Mutiger Amerikaner rettet einem New Yorker Kind das Leben!*«
Und wieder schüttelt der Mann sein Haupt: »Ich bin auch kein Amerikaner!«
Der Polizist stutzt: »Was bist du denn dann?«
Der Held antwortet: »Ich bin aus Pakistan!«
Am nächsten Tag steht in der Zeitung:
»Radikaler Islamist tötet New Yorker Hund – Verbindung zur Terrorszene vermutet!«

Fragt Clarissa ihre Mutter: »Du Mutti, stimmt es, dass mich der Storch gebracht hat?«
Antwortet die Mutter: »Ja, natürlich!«
»Und stimmt es, dass dich auch der Storch gebracht hat?«
»Klar, mich auch!«
»Und die Oma auch?« fragt Clarissa.
»Selbstverständlich, die Oma auch!«, antwortet die Mutter.
Abends notiert Clarissa in ihr Tagebuch: »Nach ausführlichen Recherchen und Interviews mit Zeitzeugen muss ich konstatieren, dass in unserer Familie seit drei Generationen keine normale Geburt mehr stattgefunden hat!«

Ein Bauer kommt zum Psychologen.
»Herr Doktor – ich liebe mein Pferd!«
»Na und, jeder liebt sein Tier. Der eine seine Katze, der andere seinen Vogel! Ist doch nur natürlich, dass Sie Ihr Pferd lieben!«
»Herr Doktor, ... ich, äh, nun ja, äh, ich liebe mein Pferd auch physisch!«
»Oh! Ist es ein Hengst oder eine Stute?«
»Natürlich eine Stute! Glauben Sie, ich bin pervers?«

»Welchen Wein könnten Sie uns für unsere Silberhochzeit empfehlen?«
»Das kommt drauf an: Wollen Sie feiern oder vergessen?«

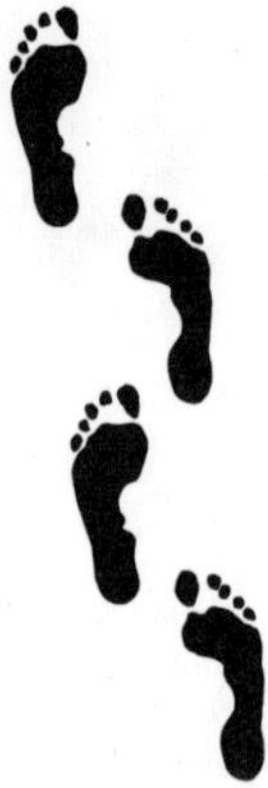

Im Krankenhaus läutet das Telefon. »Guten Tag, ich wollte mich nur erkundigen, wie es dem Herrn Ackermann von Zimmer 659 geht!« »Einen Augenblick«, sagt die Krankenschwester, »ich schau einmal in seinem Krankenblatt nach ... Also, der Bruch ist gut verheilt, morgen wird der Gips abgenommen und am Mittwoch werden die Nähte entfernt!«
»Wird es irgendwelche Nachbehandlungen geben?«
»Ja, eine Woche Rekonvaleszenz ab dem 10. des Monats!«
»Und wann wird er aus dem Krankenhaus entlassen?«
»Am kommenden Samstag! Sind Sie ein Verwandter von Herrn Ackermann?«
»Nein, ich bin der Ackermann selbst, aber mir sagt ja hier keiner was!«

Kennst du den Unterschied zwischen einem Arbeitslosen und einem Beamten?
Arbeitslose haben schon einmal gearbeitet ...

George Bernard Shaw schrieb einmal folgende Kritik über eine Hamlet-Aufführung:
»Seit Jahrzehnten streiten sich die Gelehrten, wer der wirkliche Autor des Hamlet ist – Shakespeare oder Bacon. Zum ersten Mal sind wir nun in der Lage, die Streitfrage klären zu können! Man öffne die Gräber der beiden Männer. Derjenige von ihnen, der sich gestern Abend während der Aufführung in seinem Grabe umgedreht hat, ist der Autor!«

Worin besteht der Unterschied zwischen einem amerikanischen und einem sowjetischen Märchen?
Das amerikanische Märchen beginnt mit »Es war einmal ...«, das sowjetische mit »Es wird einmal ...«

Sitzt Jonas beim Klärwerk am Kloakebecken und stochert mit einem Stock darin herum.
Kommt einer vorbei und fragt: »Was machen Sie denn da?«
»Mir ist meine Jacke da rein gefallen!«
»Die wollen Sie doch wohl nicht mehr anziehen?!«
»Das nicht, aber da drin ist mein Pausenbrot!«

Der Papst, ein Kardinal und ein Religionskritiker kommen in den Himmel. Petrus öffnet die Tür: »Seid willkommen! Ich lasse Euch gern rein, aber erst müsst Ihr noch bei unserem Vorstand vorsprechen!« Nacheinander werden sie in ein kleines Zimmer geführt, der Kardinal zuerst. Drin sitzen Gott, Jesus und der Heilige Geist. Nach einer Stunde kommt der Kardinal wieder raus.

»Na, wie war's?« »Na ja«, meint der Kardinal geknickt, »ich muss noch mal runter auf die Erde, ich habe was falsch gemacht!« Er verschwindet. Danach geht der Papst rein. Nach 3 Stunden kommt er völlig schockiert wieder raus.

»Na, wie war's?« »Brüder«, seufzt der Papst »ich muss noch mal runter auf die Erde, ich habe was falsch gemacht!« Er verschwindet. Zu guter Letzt geht der Religionskritiker rein, Petrus wartet auf ihn. Es vergehen 2 Stunden, 3 Stunden ... Nach 6 Stunden kommt der Notarzt und fünf Minuten später wird Jesus auf einer Bahre aus dem Zimmer getragen. Petrus fragt: »Was machst du denn hier?« »Petrus«, wimmert Jesus »ich muss noch mal runter zur Erde ...«

Gast: »Herr Ober, ein Bier!«
Der Ober: »Wo?«

Am Anfang der Klausur sagt der Professor:
»Sie haben genau anderthalb Stunden Zeit. Danach werde ich keine weiteren Arbeiten mehr annehmen!«
Nach anderthalb Stunden ruft der Professor: »Schluss, meine Damen und Herren!«
Trotzdem kritzelt ein Student wie wild weiter. Eine halbe Stunde später, der Professor hat die eingesammelten Arbeiten vor sich liegen, will auch der letzte sein Heft noch abgeben, aber der Professor lehnt ab. Bläst sich der Student auf: »Herr Professor! Wissen Sie eigentlich, wen Sie vor sich haben?«
»Nein!«
»Großartig!«, sagt der Student und schiebt seine Arbeit mitten in den Stapel.

Warum können Adam und Eva keine Chinesen gewesen sein? Weil sie sonst nicht den Apfel gegessen hätten, sondern die Schlange!

Der Spieß zum wachhabenden Rekruten: »Huber, was tun Sie, wenn sich nachts eine große, männliche Person kriechend der Kaserne nähert?«
»Ich geleite den Herrn Oberst diskret ins Bett ...«

Ein Politiker, ein Wissenschaftler und ein Beamter wollen zusammen Schnecken sammeln. Sie treffen sich alle drei am vereinbarten Ort und ziehen dann los. Nach einer halben Stunde kommt der Wissenschaftler mit 180 Schnecken zurück. Noch eine halbe Stunde später kommt der Politiker mit 90 Stück. Sie warten auf den Beamten. Nach drei Stunden kommt er. Er hat keine einzige Schnecke dabei. Die beiden anderen wundern sich und fragen ihn, wieso er nichts gesammelt hätte. Darauf der Beamte: »Das ist doch der Wahnsinn mit den Viechern! Ich sehe eine Schnecke, bücke mich danach, und husch, ist sie weg!«

Marktfrau: »Leider habe ich nur noch vier Hühner zur Auswahl hier!«
Kundin: »Das macht nix. Suchen Sie mir die beiden ältesten aus!«
Die Marktfrau unterdrückt ein Schmunzeln und kommt dem Wunsch der Kundin nach: »Darf ich die Hühner gleich einpacken?«
Kundin: »Nein, danke. Ich nehme die anderen zwei ...«

»Die Polizei sucht einen großen, braungebrannten Mann um die Dreißig der Frauen belästigt!«, liest Frau Schröder ihrem arbeitslosen Mann vor.
Darauf er: »Meinst du wirklich, dass das der richtige Job für mich ist?«

Treffen sich zwei Psychologen. Fragt der eine: »Weißt du, wie viel Uhr es ist?« Antwortet der andere: »Nein, aber es ist gut, dass wir darüber gesprochen haben!« Die beiden treffen sich eine Woche später wieder. Fragt der Eine: »Und, weißt du inzwischen, wie viel Uhr es ist?« »Nein«, sagt der Andere, »aber ich kann schon viel besser damit umgehen!«

»Vati, kann ich Oma heiraten?«, fragt der Sohn.
Darauf der Vater: »Also hör mal, Junge, du kannst doch nicht meine Mutter heiraten!«
»Warum denn nicht?«, fragt der Junge verständnislos, »du hast doch auch meine Mutter geheiratet!«

Jörg Haider kommt in den Himmel. Nach zwei Wochen denkt er sich: »Ach, da ist es fad, nix los ...«, und sagt zu Petrus: »Du Petrus, mir ist es hier wirklich zu langweilig, kann ich nicht einmal schauen, was in der Hölle so los ist?«
Petrus sagt, dass das in Ordnung geht und dass er einen Tag runter in die Hölle kann. Haider kommt in die Hölle und ist begeistert: Sexy Frauen, erstklassiges Essen und erlesene Weine! Haider hat einen Heidenspaß, muss aber am nächsten Tag wieder in den Himmel zurück. Dort ist ihm wieder langweilig und er fleht Petrus an: »Petrus, kann ich nicht noch einmal in die Hölle?« Darauf antwortet dieser: »Theoretisch ist das schon möglich, aber dann musst du dich entscheiden: Entweder du bleibst im Himmel oder du bleibst in der Hölle, aber beides wäre für immer!«
Haider fackelt nicht lange und sagt schließlich: »Okay, ich entscheide mich für die Hölle!«
Schwupps, er steht in der Hölle und – nichts los! Keine Frauen, keine Orgien, kein Essen und kein Alkohol. Haider stutzt, geht zum Teufel und sagt: »Was soll denn das? Als ich letzte Woche bei euch war, war es großartig! Und heute ist es der reinste Horror! Warum?!«
Darauf der Teufel: »Siehst, Jörgerl, des ist der Unterschied zwischen a'm Touristen und a'm Asylanten!«

In welcher Zeitung steht: »Mann warf seine Frau aus dem Fenster«?
In der Bildzeitung.
Und in welcher Zeitung steht: »Frau warf ihren Mann aus dem Fenster«?
In »Schöner Wohnen«!

Abgetriebene Kinder sollen laut einem neuen Gesetzesentwurf demnächst auch in die Familienstammbücher aufgenommen werden. Vorgeschlagen wurde die Rubrik »Entfernte Verwandte« ...

Was ist die Steigerung von leer?
Lehrer!

Drei sind in einem Büro, von denen einer arbeitet. Was ist das?
Zwei Beamte und ein Ventilator!

Die UNO hat eine weltweite Umfrage durchgeführt. Die Frage lautet: »Sagen Sie bitte ehrlich Ihre Meinung zur Lebensmittel-Knappheit im Rest der Welt!«
Hier das Ergebnis der Umfrage:
Die Europäer haben nicht verstanden, was »Knappheit« bedeutet.
Die Afrikaner wussten nicht, was »Lebensmittel« sind.
Die Amerikaner fragten, was unter »dem Rest der Welt« zu verstehen sei.
Die Chinesen baten verwundert um zusätzliche Erklärungen zum Begriff »Meinung«.
Im italienischen Parlament diskutiert man zur Stunde immer noch über die Bedeutung des Wortes »ehrlich«.

Was ist der Unterschied zwischen Männern und Frauen?
Frauen können auch nach dem Tod Sex haben!

Ein Coca-Cola-Vertreter wird zum Papst vorgelassen: »Eure Heiligkeit, ich möchte Ihnen ein Angebot machen! Mein Unternehmen zahlt Ihnen eine Million Dollar pro Jahr, wenn ab jetzt die Priester in den Messen sagen: *Unser täglich Coke gib uns heute!*«
Der Papst sieht ihn ausdruckslos an und schüttelt den Kopf.
Der Vertreter versucht es noch einmal: »Wir würden auch 100 Millionen Dollar pro Jahr zahlen!«
Darauf dreht sich der Papst zu seinem Marketingleiter um und fragt ihn: »Wie lange haben wir noch den Vertrag mit der Bäckerei?«

Die hübsche Studentin zum betagten Professor: »Glauben Sie mir, ich würde alles tun, um dieses Examen zu bestehen. Ich meine wirklich alles!«
Der Professor hakt nach: »Wirklich alles?«
Sie beugt sich zu ihm, blickt ihm tief in die Augen und haucht hingebungsvoll: »Alles!«
Da fragt er im Flüsterton: »Würden Sie lernen?«

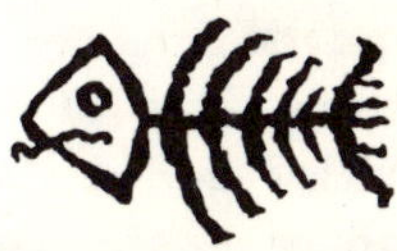

Steht ein Mann nackt vor dem Spiegel, betrachtet sich und sagt: »Ach, drei Zentimeter mehr, und ich wäre ein König!«
Antwortet seine Frau: »Drei Zentimeter weniger, und du wärst eine Prinzessin!«

Ein kleiner Mann sitzt traurig in der Kneipe, vor sich ein Bier.
Kommt ein riesiger Kerl, haut dem Kleinen auf die Schulter und trinkt dessen Bier aus. Der Kleine fängt an zu weinen. Sagt der Große: »Jetzt hab dich nicht so, du Weichei ... gleich flennen wegen einem Bier!«
Der Kleine: »Na dann pass mal auf: Heute früh hat mich meine Frau verlassen, Konto abgeräumt, Haus leer! Danach habe ich meinen Job verloren! Ich wollte nicht mehr leben und legte mich auf die Schienen, aber leider war es ein totes Gleis! Wollte mich aufhängen ... Strick gerissen! Wollte mir die Pulsadern aufschneiden ... Messer stumpf! Jetzt kaufe ich mir vom letzten Geld ein Bier, kippe Gift rein ... und du säufst es mir weg!«

Beim Stammestreffen spricht ein junger Kannibale die hübsche Nachbarstochter an: »Darf ich Ihnen meinen Arm anbieten, gnädiges Fräulein?«
Verschämt antwortet die Angebetete: »Nein, danke, ich habe schon gefrühstückt!«

Herztod und Hirntod stritten sich, wer von ihnen der humanere Tod sei. Kam Bill Clinton vorbei. Herztod schnippte mit den Fingern. Clinton keuchte, griff sich ans Herz und fiel tot um. Etwas später kam George W. Bush vorbei. Hirntod schnippte mit den Fingern ... und schnippte ... und schnippte ...

Er: »Hatten wir nicht mal eine Verabredung? Oder sogar zwei?«
Sie: »Es muss eine gewesen sein. Ich mache nie denselben Fehler zweimal!«

Aufgabe beim Philosophie-Examen: »Wenn dies eine Frage ist, beantworten Sie sie!« Schreibt einer drunter: »Wenn dies eine Antwort ist, bewerten Sie sie!«

Eine ältere Dame geht zur Bank, will ein Sparbuch eröffnen und 500 Euro einzahlen.
Sie fragt: »Ist mein Geld bei Ihnen auch sicher?«
Kassierer: »Aber natürlich!«
Sie fragt weiter: »Und was ist, wenn Sie Pleite machen?«
Kassierer: »Dann kommt die Landesbank auf!«
Sie fragt: »Und was, wenn die Pleite machen?«
Kassierer: »Dann kommen die Staatsbanken auf!«
Die ältere Dame fragt noch einmal: »Und wenn die Pleite machen?«
Kassierer: »Dann tritt die Regierung zurück, und das sollte Ihnen nun wirklich die 500 Euro wert sein!«

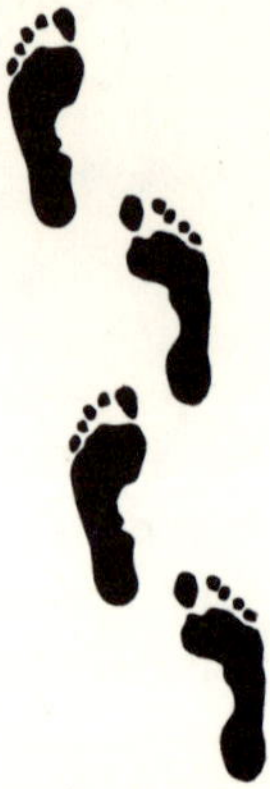

Eine junge Frau klagt dem Priester ihre Eheprobleme. »Und wenn es nicht anders geht«, verkündet sie, »dann lass ich mich scheiden!«
»Was?«, entgegnet der Priester entsetzt, »scheiden wollen Sie sich lassen, bloß weil Ihr Mann Sie verprügelt? Prügeln Sie in Gottes Namen zurück, aber kommen Sie mir nicht mit so sündhaften Gedanken!«

Fragt die Tochter: »Vati, was ist ein Vakuum?« Darauf der Vater: »Warte, ich hab 's im Kopf, aber mir fällt 's grad nicht ein!«

Lehmann liegt im Krankenhaus. Neben ihm windet sich einer, der stöhnt und stöhnt, als ob er jeden Moment verreckt. Als die Schwester kommt, sagt Lehmann zu ihr: »Das ist ja unerträglich, sagen Sie mal, können Sie den nicht ins Sterbezimmer verlegen?«
Darauf die Schwester: »Guter Mann, was meinen Sie, wo Sie hier sind?«

Drei Generäle aus Amerika, Russland und Österreich streiten, wer die größte Kaserne hat.
Sagt der Russe: »Genossen, bei uns braucht ihr vier Tage vom Osttor bis zum Westtor, wenn ihr zu Fuß geht!«
Sagt der Amerikaner: »Das ist nichts, bei uns braucht ihr vom Nordtor zum Südtor fünf Tage, und zwar mit dem Jeep!«
Murmelt der Österreicher: »Solche Jeeps haben wir auch ...«

Stoiber ist zu Gast bei der Queen in London. Nach ein bisschen Small-Talk fragt er die Queen, was das Geheimnis ihres großen Erfolges ist.
Die Queen sagt ihm, man müsse nur viele intelligente Leute um sich herum haben.
»Wie wissen Sie so schnell, ob jemand intelligent ist?«, fragt Stoiber.
»Lassen Sie es mich demonstrieren!«, antwortet die Queen.
Sie greift zum Telefon, ruft Tony Blair an und stellt ihm eine Frage: »Mr. Premierminister, es ist der Sohn ihres Vaters, ist aber nicht ihr Bruder! Wer ist es?«
Ohne zu zögern antwortet Tony Blair: »Ganz einfach, das bin ich!«
»Sehen Sie«, sagt die Queen, »so teste ich die Intelligenz der Leute um mich herum!«
Begeistert fliegt Stoiber zurück nach München. Zu Hause angekommen, ruft er sofort seinen Innenminister an, um ihm dieselbe Frage zu stellen: »Es ist der Sohn deines Vaters, ist aber nicht dein Bruder! Wer ist es?«
Nach langem hin und her sagt der Innenminister: »Ich hab keine Ahnung, ich werde aber versuchen, die Antwort bis morgen herauszufinden!«
Aber er kommt und kommt nicht drauf und ruft schließlich bei Schily an: »Es ist der Sohn deines Vaters, ist aber nicht dein Bruder! Wer ist es?«
»Ganz leicht, das bin ich!«
Glücklich die Antwort gefunden zu haben ruft der Innenminister bei Stoiber an und sagt: »Ich hab die Antwort, es ist der Schily!«
Stoiber brüllt ihn total entsetzt an: »Nein, du Trottel, es ist Tony Blair!«

Eine Blondine wird von einem Polizisten angehalten. Er bittet sie um ihren Führerschein.
Blondine mit großen Augen: »Was ist denn das?«
Polizist: »Na, Sie wissen schon, das kleine Ding, wo Ihr Bild drauf ist!«
Die Blondine sucht in ihrer Tasche und findet einen kleinen Spiegel. Sie nimmt ihn heraus und schaut hinein.
Blondine: »Hier ist mein Bild drauf!«
Der Polizist nimmt ihn und schaut auch drauf.
Polizist: »Oh, Entschuldigung, wenn ich gewusst hätte, dass Sie auch von der Polizei sind, hätte ich Sie natürlich nicht angehalten!«

Ein Mathematiker, ein Physiker und ein Biologe sitzen im Zug und fahren durch Schottland. Während der Fahrt sehen sie auf einer Wiese ein schwarzes Schaf, worauf der Biologe meint: »Ah, ich sehe, dass die schottischen Schafe schwarz sind!«
Der Physiker sagt: »Du meinst wohl, dass manche schottischen Schafe schwarz sind!«
Darauf der Mathematiker: »Nein, wir wissen lediglich, dass es in Schottland mindestens ein Schaf gibt und dass wenigstens eine Seite dieses Schafes schwarz ist!«

Ein Rabbi aus Jerusalem ist auf Dienstreise in Schottland. An einem Morgen wacht er sehr früh auf. Es ist Jom Kippur – der höchste jüdische Feiertag, an dem außer Beten und Fasten alles verboten ist. Er tritt auf den Balkon seines Hotels und blickt direkt auf den Golfplatz. Er denkt sich: »So früh am Morgen wird mich keiner entdecken!«
Er holt also seine Golfausrüstung und geht zum Abschlag des ersten Lochs.
Oben im Himmel sagt Petrus zu Gott: »Siehst Du, was der Rabbi aus Jerusalem am Jom-Kippur macht? Willst Du ihn dafür nicht bestrafen?«
Gott nickt. Der Rabbi schlägt ab und trifft das Loch mit dem ersten Schlag: ein »Hole-in-one« – das allergrößte und allerseltenste Ereignis für einen Golfer.
Petrus: »Das verstehe ich nicht – Du wolltest ihn doch bestrafen!«
Gott: »Das habe ich doch! Denn wem kann er das jetzt erzählen?«

»Herr Ober, Herr Ober! Um meine Fliege ist so viel Suppe!«

Ein Ehepaar schaut sich eine Tiersendung an.
Sie: »Liebling, findest du nicht auch, dass Nagetiere dumm und gefräßig sind?«
Er: »Ja, mein Mäuschen!«

Kommt ein Mann in die Bäckerei: »Haben Sie tausend Semmeln?« Der Bäcker erstaunt: »Nein!« Der Mann geht. Am nächsten Tag kommt er wieder: »Haben Sie tausend Semmeln?«

Der Bäcker völlig baff: »Nein!« Der Mann geht. Am nächsten Tag kommt er wieder: »Haben Sie tausend Semmeln?«
Der Bäcker komplett ratlos: »Nein!« Der Mann geht und in der Nacht backt der Bäcker tausend Semmeln. Als er am nächsten Tag völlig übermüdet in seinem Laden steht, kommt der Mann wieder: »Haben Sie tausend Semmeln?« Der stolze Bäcker: »Ja!« Darauf der Mann: »Dann geben Sie mir bitte eine davon!«

Der Lehrer fragt Martha: »Was ist das für ein Fall, wenn du sagst: *Das Lernen macht mir Freude*?«
Darauf Martha: »Ein seltener, Herr Lehrer!«

Wie schafft man es, beim Finanzamt an ein kleines Vermögen zu kommen?
Ganz einfach! Man muss vorher ein großes gehabt haben!

Nach jahrhundertlangem Dienst an der Himmelspforte will Petrus endlich mal ausspannen. Daher bittet er Jesus, ihn doch für einige Zeit zu vertreten. Jesus, zur Nächstenliebe verpflichtet, begibt sich klaglos zum Himmelstor und beginnt mit dem Dienst. Nach kurzer Zeit entdeckt er ein uraltes, verhutzeltes Männchen vor dem Himmelseingang, wie es da immer auf und ab geht und suchend die Neuzugänge mustert. Die ersten beiden Tage lässt Jesus sich nicht beeindrucken. Doch dann beginnt der Mann ihn zu stören. Jesus tritt vor die Himmelstür und spricht: »He, Alter, raus oder rein?«
Mit zittriger Stimme antwortet der Greis: »Vergib mir, gnädiger Herr! Ich bin gekommen, um meinen Sohn zu suchen, habt ihr ihn nicht zufällig gesehen?«
Um seine Frage zu konkretisieren, gibt er Jesus eine Personenbeschreibung: »Seine besonderen Kennzeichen sind: ein Loch in der linken Hand und ein Loch in der rechten Hand und ein Loch im linken Fuß und im rechten auch!«
Jesus schwinden die Sinne, Tränen verschleiern seinen Blick. Er umarmt den alten Mann und flüstert immer wieder: »Papa, Papa!«
Da umarmt ihn der Alte und ruft überglücklich: »Pinocchio, Pinocchio!«

Mann beim Arzt: »Herr Doktor, wie kann ich 100 Jahre alt werden?«
Arzt: »Rauchen Sie?«
Patient: »Nein!«
Arzt: »Essen Sie übermäßig?«
Patient: »Nein!«
Arzt: »Gehen Sie spät ins Bett?«
Patient: »Nein!«
Arzt: »Haben Sie Frauengeschichten?«
Patient: »Nein!«
Arzt: »Wieso wollen Sie dann überhaupt so alt werden?«

Was haben Männer und Spermien gemeinsam?
Beide haben eine Chance von 1 zu 1 Million, ein Mensch zu werden!

»Was ist Betrug?« fragt der Professor den Jurastudenten.
»Betrug ist, wenn Sie mich durchfallen lassen!«
»Wieso denn das?«
»Weil sich laut Strafgesetzbuch derjenige des Betruges schuldig macht, der die Unwissenheit eines anderen ausnützt, um diesem zu schaden!«

Auf einer Propaganda-Tournee durch Amerika besucht Präsident George W. Bush eine Schule und erklärt den Schülern seine Regierungspolitik. Danach bittet er die Kinder, Fragen zu stellen.

Der kleine Tim ergreift das Wort: »Herr Präsident, ich habe drei Fragen:

1. Wie sind Sie Präsident geworden, obwohl Sie weniger Stimmen hatten?
2. Warum haben Sie den Irak angegriffen?
3. Denken Sie nicht, dass es ein Verbrechen ist, nichts gegen die Klimakatastrophe zu tun?«

In diesem Moment läutet die Pausenklingel und alle Schüler laufen aus dem Klassenzimmer. Als sie von der Pause zurückkommen, lädt Präsident Bush erneut ein, Fragen zu stellen, und diesmal ergreift Richie das Wort: »Herr Präsident, ich habe fünf Fragen:

1. Wie sind Sie Präsident geworden, obwohl Sie weniger Stimmen hatten?
2. Warum haben Sie den Irak angegriffen?
3. Denken Sie nicht, dass es ein Verbrechen ist, nichts gegen die Klimakatastrophe zu tun?
4. Warum hat die Pausenklingel heute 30 Minuten früher geklingelt?
5. Wo ist Tim???«

Klein Toby kommt schlammbespritzt nach Hause.
Der Vater schimpft: »Was bist du nur für ein Ferkel ...
Weißt du überhaupt schon, was das ist?«
Die Antwort: »Ja Papi, das ist der Sohn von einem Schwein!«

»Äh ... Herr Doktor, wohin bringen Sie mich denn?«
»Ins Leichenschauhaus!«
»He, halt, ich bin doch noch gar nicht tot!«
»Wir sind ja auch noch nicht da ...«

Psychoanalytiker: »Ich kenne Ihr Problem noch nicht, darum fangen Sie am besten ganz am Anfang an!«
»Am Anfang erschuf ich Himmel und Erde!«

Was schenkt ein Mathematiker seiner Frau zum Hochzeitstag?
Einen Polynomring in einer Intervallschachtelung verpackt!

Drei Jungs streiten darüber, wessen Vater der Schnellste ist. Der erste: »Mein Vater ist Rennfahrer, der ist hundert pro der Schnellste!«
Der zweite: »Vergiss es! Meiner ist Pilot bei der Luftwaffe, der ist viel schneller!«
Der dritte: »Mein Daddy ist noch schneller!«
Die beiden anderen: »So, und wie macht er das?«
»Er ist Beamter!« Grölendes Gelächter. »Ganz ehrlich: Er ist so schnell, dass er am Freitag um vier Uhr Feierabend macht, aber schon um drei Uhr zu Hause ist!«

Fragt der Autofahrer bei der Kontrolle: »Herr Polizist, darf man zu einem Polizisten eigentlich Rindvieh sagen?«
»Nein, wenn Sie zu einem Polizisten Rindvieh sagen, dann ist das Beamtenbeleidigung und somit strafbar!«
»Aha, aber zu einem Rindvieh darf ich Herr Polizist sagen, ja?«
Der Polizist leicht verdattert: »Na ja, also wenn Ihnen das Spaß macht ... an mir soll's nicht liegen!«
»Vielen Dank, Herr Polizist!«

Beim Frühstück sagt die Wirtin zum Studenten: »Sieht nach Regen aus!« Darauf der Student: »Ja, aber man merkt, dass es Kaffee sein soll!«

Ein Anwalt hat mit seiner Kanzlei Anlaufschwierigkeiten, und da beschwört er den Teufel. Der kommt auch prompt, und sagt: »Diese Woche haben wir ein Sonderangebot: Du kriegst immerwährende Gesundheit, gewinnst jeden Prozess, bist für Frauen unwiderstehlich, wirst nebenbei ein weltberühmter Golfspieler, jeden Morgen weißt du die Aktienkurse vom nächsten Tag und du riechst nie wieder nach Schweiß! Dafür bekomme ich sofort deine Frau und deine Kinder und die werden auf ewig in der Hölle schmoren! Na, was sagst du?« Der Anwalt überlegt und überlegt ... und dann sagt er: »Moment mal! Irgendwo muss da ein Haken sein ...«

Womit kann man die Beschleunigung eines Trabbis messen? Mit dem Kalender!

Die Kassiererin: »Eine Kundin möchte wissen, ob dieser Pullover beim Waschen einläuft!« Der Chef überlegt: »Passt der Pullover?«
»Eigentlich ist er etwas zu groß!«
»Dann läuft er ein!«

Ein Unternehmer zum anderen: »Warum sind deine Arbeiter immer so pünktlich?«
»Einfacher Trick: 40 Arbeiter, aber nur 39 Parkplätze!«

»Wenn alle reden, kann ich mein eigenes Wort nicht mehr verstehen!«, ruft der Lehrer verzweifelt in die Klasse.
Stimme aus dem Hintergrund: »Da verpassen Sie nicht viel!«

Was macht die intelligente Hausfrau, wenn der Mann abends beim Kartoffelholen die Kellertreppe runterfällt und sich das Genick bricht?
Reis!

Flugzeugabsturz. Zwei Geschäftskollegen irren planlos durch den Urwald, als sie auf einen Kannibalenstamm treffen.

Der Häuptling der Kannibalen: »Unser Stamm hat sich beraten und wir sind zu dem Entschluss gekommen, dass wir euch leben lassen! ... Allerdings nur unter einer Bedingung: Ihr müsst 100 Stück von einer Sache aus dem Urwald sammeln! Ihr dürft selber entscheiden, was ihr sammelt! Und wenn ihr in zwei Stunden nicht wieder da seid, werden wir euch fangen und fressen!«

Die Kollegen machen sich einzeln auf die Suche. Nach einer Stunde kommt einer mit 100 Beeren zurück.

Der Häuptling: »Und jetzt musst du dir alle 100 Beeren in den Arsch schieben, und zwar ohne zu lachen!«

Der Mann gehorcht und nimmt sich sehr zusammen, bis er bei der 99. Beere einen Lachkrampf bekommt. Der Kannibale kann sein Glück nicht fassen und möchte wissen, was so lustig ist.

Grölt der Mann: »Ich habe meinen Kollegen gesehen, wie er Kokosnüsse sammelt!«

Frau beim Arzt: »Herr Doktor, ist das eine seltene Krankheit, die ich habe?«

»Aber nein! Die Friedhöfe sind voll damit!«

Im Mittelmeer bemerkt ein Taucher in fünf Meter Tiefe einen anderen, der ohne Taucherausrüstung unterwegs ist. Der Taucher geht vier Meter tiefer. Wenige Augenblicke später ist auch der andere da. Als der nach weiteren sechs Metern immer noch mithält, nimmt der Taucher eine Tafel und schreibt mit wasserfester Kreide: »Wie zum Teufel schaffst du es, ohne Taucherausrüstung so lange in dieser Tiefe zu bleiben?«

Der andere kritzelt mit letzter Kraft auf die Tafel: »Ich ertrinke, du Vollidiot!«

»Herr Ober, an meinem Tellerrand sitzt eine Fliege und grinst mich unverschämt an!«
»Tut mir leid, mein Herr, aber wenn man Sie essen sieht, ist es wirklich schwer ernst zu bleiben!«

Ein junger Mann betritt das Krankenzimmer und fragt den Schwerkranken: »Wie groß sind Sie?«
Der Patient: »1,79 Meter, Herr Doktor!«
Darauf der Mann: »Ich bin nicht der Doktor, ich bin der Tischler!«

Ein Arzt, ein Bauingenieur und ein Informatiker streiten sich darüber, welcher von ihnen den ältesten Beruf ausübt.
Der Arzt erklärt: »In der Genesis steht geschrieben: *Gott schnitt eine Rippe aus Adam und erschuf damit Eva.* Damit wäre wohl bewiesen, dass mein Beruf der älteste ist!«
In seiner Eitelkeit gekränkt, kontert der Bauingenieur: »In der Genesis steht aber auch: *Und Gott schuf die Welt aus dem Chaos.* Das ist definitiv eine bautechnische Leistung!«
Darauf der Informatiker: »Und was meint ihr, wer für das Chaos verantwortlich war?«

»Mein Kumpel hat sich gestern den Kiefer ausgerenkt, weil er so heftig gegähnt hat.«
»Ach, ja? Was hast du ihm denn erzählt?«

Wieder einmal landet ein berüchtigter Handtaschendieb hinter Schloss und Riegel. »Schon wieder hier!«, staunt der Wärter. »Wie ist das nur möglich?«
»Tja, das ist ein Geburtsfehler! Zu lange Finger, zu kurze Beine!«

George W. Bush hat einen Herzanfall und stirbt. Er wird direkt in die Hölle geschickt, wo der Teufel bereits auf ihn wartet. »Ich weiß nicht was ich machen soll!«, sagt der Teufel, »du bist zwar auf meiner Liste, aber ich habe kein freies Zimmer übrig. Da du auf jeden Fall in die Hölle gehörst, müssen wir also eine Lösung finden! Wir haben hier ein paar Typen, die lange nicht so schlecht sind wie du! Ich werde einen davon freilassen, damit du dessen Platz einnehmen kannst, und du darfst entscheiden, wen!«
George nickt und der Teufel öffnet den ersten Raum. Drinnen sieht er Ronald Reagan in einem riesigen Swimmingpool voller Brezeln, an denen er beinahe erstickt. »Ach nee«, sagt George, »das ist nichts für mich! Mit Brezeln habe ich schon zu Lebzeiten schlechte Erfahrungen gemacht!«
Der Teufel öffnet die zweite Tür. Er sieht Richard Nixon, der mit einem Holzhammer auf lauter Felsen einschlägt, immer und immer wieder...
»Nein, ich habe Probleme mit der Schulter. Es wäre eine Qual für mich, tagein, tagaus auf Felsen einzuhauen!«, sagt George.
Der Teufel öffnet die dritte Tür. Drinnen liegt Bill Clinton an Händen und Füßen gefesselt auf dem Boden. Über ihm hockt Monica Lewinsky und tut das, was sie am besten kann. George traut seinen Augen nicht. »Na gut, das könnte ich tun!«, sagt er und reibt sich die Hände. Der Teufel lächelt diabolisch: »Okay, Monica, du kannst gehen!«

»Ist Mia schon weg?«
»Ja!«
»Schon lange?«
»Nein, das Telefon dampft noch!«

Reutlingen am frühen Vormittag. Der Briefträger guckt durch den Briefschlitz und ruft: »Sie können aufhören zu bellen, Herr Häberle, ich hab heut keine Rechnung für Sie!«

Ein Missionar hat einen Eingeborenen bekehrt. Bei der Taufe lässt er ihn ins Wasser tauchen und sagt zu ihm: »Ab heute heißt du nicht mehr Facilo, sondern Johannes! Und freitags darfst du kein Fleisch mehr essen, nur noch Fisch!«
Am Freitag sieht der Missionar, wie Johannes einen Hammelbraten isst. Er weist ihn zurecht.
Sagt Johannes: »Ich habe den Hammel ins Wasser getaucht und gesagt: Ab heute heißt du nicht mehr Hammel, sondern Fisch!«

Geht ein junges Pärchen über eine Wiese. Plötzlich landet vor ihnen ein Ufo und zwei grüne Wesen – ein Männchen und ein Weibchen – steigen aus. Nachdem sich die vier einige Zeit angeregt unterhalten haben, sagt der Außerirdische: »Wir können ja mal einen Partnertausch machen!«
»Ja, warum nicht?«, meinen alle. Der Mann geht also mit dem grünen Mädel hintern Busch, seine Freundin verschwindet mit dem Alien hinterm Baum.
Der Außerirdische zieht sich aus und die Frau guckt enttäuscht auf den Stummel zwischen seinen Beinen: »Wie, das ist alles?« »Moment!«, sagt er, dreht einmal an seinem linken Ohrläppchen und schon wird das Ding länger und länger...
»Naja«, sagt sie, »aber ein wenig dünn ist er ja noch immer!« »Moment!«, sagt der Grüne wieder, dreht am rechten Ohrläppchen und das Teil wird immer dicker...
Später trifft sich das Pärchen wieder. »Na, wie war's bei dir?«, fragt der Mann.
»Wahnsinn!«, meint sie. »Und bei dir?«
Darauf der Mann: »Ich fand es langweilig. Die hat mir die ganze Zeit nur an den Ohren rumgespielt!«

Ein Zugpassagier hat einen Haufen Äpfel bei sich. Er nimmt einen nach dem anderen, schält ihn, streut Salz darauf und wirft ihn aus dem Fenster. Beim dreiundvierzigsten Apfel fragt der Mann gegenüber: »Mögen Sie keine Äpfel?«
»Doch!«, antwortet der Mann. »Aber nicht gesalzen!«

»Wie sind Sie denn zu diesem traurigen Gewerbe gekommen?«, wird der Bestattungsunternehmer gefragt. »Von meinem Vater geerbt!« »Sie hätten ablehnen können!« »Und gleich meinen ersten Kunden verlieren?«

»Jana, was stellst du dir unter einer Hängebrücke vor?«
»Wasser, Herr Lehrer!«

»Thomas, Tante Flora hat gesagt, du hättest ihr eine Maus ins Bett gelegt! Ist das wahr?«
»Ja!«
»Warum hast du das getan?«
»Weil mir der Frosch entkommen ist!«

Was ist der Unterschied zwischen einem Philosophen und einem Mathematiker?
Zum Arbeiten braucht der Mathematiker Papier, Bleistift und einen Papierkorb. Der Philosoph braucht keinen Papierkorb ...

Wie sortieren Männer ihre Wäsche? – Zwei Stapel: »Dreckig« und »Dreckig, aber tragbar.«

»Ich weiß nie, was ich mit meinen Händen machen soll, wenn ich rede!«
»Leg sie doch einfach auf den Mund!«

»Was hat dir der Arzt verschrieben?«
»Penicillin!«
»Und, wirkt es?«
»Und wie! Jedes Mal, wenn ich niese, wird ein anderer gesund!«

Eine Frau spielt Golf, als sie den Ball in den Wald schlägt. Sie geht den Ball suchen und findet einen Frosch, gefangen in einem Netz. Der Frosch sagt zu ihr: »Wenn du mich aus dem Netz befreist, will ich dir drei Wünsche erfüllen!« Die Frau befreit den Frosch, und der Frosch sagt: »Danke, doch ich vergaß zu erwähnen, dass es bei der Erfüllung der Wünsche eine Bedingung gibt. Denn was immer du dir wünschst, wird auch dein Ehemann bekommen, und zwar zehnmal mehr!«
Die Frau sagt: »Das ist okay!«
Für ihren ersten Wunsch will sie die schönste Frau der Welt sein. Der Frosch warnt sie: »Vergiss nicht, dass dein Mann durch diesen Wunsch der hübscheste Mann der Welt sein wird! Die Frauen werden ihm in Scharen hinterher laufen!«
Die Frau antwortet: »Das ist schon in Ordnung, denn ich werde die schönste Frau der Welt sein und er wird nur Augen für mich haben!«
Zack – sie wird die schönste Frau der Welt!
Mit ihrem zweiten Wunsch will sie die reichste Frau der Welt werden.
Der Frosch sagt: »Dann wird dein Mann der reichste Mann der Welt sein und er wird zehnmal reicher sein als du!« Die Frau antwortet: »Das ist schon in Ordnung, denn was mein ist, ist auch sein und was sein ist, ist auch mein!«
Zack – sie wurde die reichste Frau der Welt!
Nun fragt der Frosch nach ihrem dritten Wunsch und sie sagt: »Ich will einen ganz leichten Herzinfarkt haben!«

Was ist der Unterschied zwischen einem Lehrer und einem Schimpansen?
Es ist wissenschaftlich erwiesen, dass Schimpansen die Fähigkeit besitzen, mit Menschen zu kommunizieren!

»Papa, ich hob mi verliebt!«
»Jo, mei Sohn, in wen denn?«
»Ich mogs nit soge . . .«
»Jo sog schon! In die Luise?«
»Naaa . . .«
»Jo mei! In die Susi vielleicht?«
»Naaa, Papa . . .«
»Etwa in die Frida, die olle Hur?«
»Naa, Papa . . . In . . . in den Schorsch!«
»In den Schorsch? Aber . . . der ist doch evangelisch!«

»Frau Huber, ich spreche jetzt nicht als Arzt zu Ihnen, sondern von Mensch zu Mensch . . .«
»Wird die Behandlung dadurch billiger?«

Bei der Musterung gibt Markus an, er wäre fast blind. Am Abend geht er vergnügt ins Theater. Als das Licht angeht, merkt er, dass neben ihm der Musterungsoffizier sitzt. Kurz entschlossen klopft Markus ihm auf die Schulter und fragt: »Entschuldigen Sie, meine Dame, bin ich hier richtig im Zug nach Köln?«

Die sparsamen Dorfbewohner sind wütend, weil die Busfahrt in die Stadt billiger geworden ist. Sie schreiben einen empörten Brief an den Stadtrat: »Früher mussten wir bloß einmal in die Stadt laufen, um fünf Euro Fahrgeld zu sparen. Wegen der Preissenkung müssen wir jetzt zweimal laufen für den gleichen Betrag!«

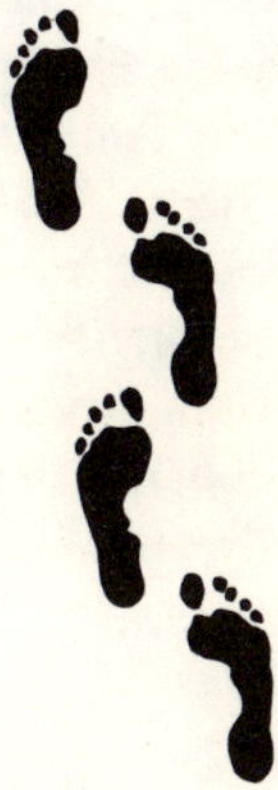

»Meine Schwester hat ein Kind bekommen«, sagt der kleine Georg.
»Ach, wirklich? Ein Junge oder ein Mädchen?«
»Keine Ahnung. Ich weiß ja auch noch nicht, ob ich Tante bin oder Onkel.«

Was ist der Unterschied zwischen Männern und Schweinen?
Schweine verwandeln sich nicht in Männer, wenn sie betrunken sind.

Kommt ein Mann in eine Bar und sagt: »Hey Leute, wollt ihr den neuesten Ostfriesenwitz hören?«
Meint der Barkeeper: »Junge, bevor du ihn erzählst sollte ich dir vielleicht sagen, dass ich Ostfriese bin, meine Freundin dort drüben ist Ostfriesin, das Ehepaar dahinten sind Ostfriesen, die beiden Bullen da drüben sind Ostfriesen und die drei Bodybuilder dort sind Ostfriesen. Also willst du den Witz immer noch erzählen?«
»Nein, bevor ich ihn neunmal erklären muss, lass ich's lieber gleich bleiben!«

»Dieses Jahr nehmen wir unseren tragbaren Fernseher mit nach Spanien!«
»Wieso? Gibt's denn in eurem Hotel keinen Fernseher?«
»Doch, aber wir verstehen kein Spanisch.«

»Herr Ober, heute hätte ich gerne etwas, was ich noch nie hatte! Könnten Sie mir etwas empfehlen?«
»Wir wäre es mit Hirn?«

Anna kommt von ihrer ersten Party nach Hause. Fragt die Mutter: »Na, Kind, warst du auch artig?«
»Na klar, Mama. Peter hat sogar gesagt, ich war großartig!«

Jan Himp fragt einen Bauern: »Darf ich auf Ihrem Acker Regenwürmer ausgraben? Sie bekommen auch einen Fisch.«
»Und wenn Sie keinen Fisch fangen?«
»Dann kriegen Sie Ihre Würmer gewaschen zurück.«

Der kleine Junge hat sich im Kaufhaus verlaufen und fragt eine Verkäuferin: »Haben Sie vielleicht eine Frau gesehen ohne einen Jungen, der so aussah wie ich?«

Lisa wünscht sich zum Geburtstag ein Schlagzeug.
Fragt die Mutter: »Und wie soll ich bei dem Krach arbeiten?«
»Na gut!« verspricht Lisa. »Dann spiele ich eben nur, wenn du schläfst!«

Der Lehrer am Ende der Stunde zu seinen Schülern: »Morgen schreiben wir einen unangemeldeten Test!«

Edmund Stoiber macht einen Besuch auf einem Bauernhof und lädt dazu die Presse ein. Ein Fotograf knipst ihn im Schweinestall.
Darauf sagt Stoiber zum Fotografen: »Dass ihr mir aber nicht so dummes Zeug unter das Bild schreibt, wie Stoiber und die Schweine oder so!«
»Nein, nein, geht schon klar!«
Am nächsten Tag ist das Bild in der Zeitung auf Seite drei. Der Untertext: »Stoiber (3. v. l.).«

Moritz beschwert sich beim Lehrer: »Erst soll ich den Mund halten und dann soll ich Ihre Frage beantworten! Also, Sie müssen sich schon entscheiden!«

Ein Rechtsanwalt sitzt im Flugzeug neben einer Blondine, langweilt sich und fragt, ob sie ein lustiges Spiel mit ihm machen wolle. Sie ist müde und will schlafen, daher lehnt sie ab.
Der Rechtsanwalt gibt nicht auf und erklärt, das Spiel sei wirklich ganz einfach: »Ich stelle eine Frage, und wenn Sie die Antwort nicht wissen, zahlen Sie mir 2 Euro und umgekehrt!« Die Blondine lehnt ab.
Der Rechtsanwalt bleibt hartnäckig und sagt: »Okay, wenn Sie die Antwort nicht wissen, zahlen Sie 2 Euro, aber wenn ich die Antwort nicht weiß, zahle ich Ihnen 100 Euro!«
Jetzt stimmt die Blondine zu und der Rechtsanwalt stellt die erste Frage: »Was ist die Quadratwurzel aus 1025?«
Die Blondine greift in die Tasche und reicht ihm wortlos 2 Euro rüber.
»Danke!«, sagt der Rechtsanwalt. »Jetzt sind Sie dran!« Sie fragt: »Es hat fünf Haare auf dem Buckel und tanzt Ballett! Was ist das?«
Der Rechtsanwalt hat keine Ahnung. Er steckt seinen Laptopanschluss ins Bordtelefon, schickt E-Mails an seine Mitarbeiter, lässt bei der Staatsbibliothek fragen und googelt die Begriffe, aber vergebens, er findet keine Antwort. Nach einer Stunde gibt er auf und gibt der Blondine die 100 Euro.
»Danke!«, sagt sie und lehnt sich zum Schlafen zurück.
Der Rechtsanwalt ist frustriert: »Also gut, was ist die Antwort?«
Wortlos greift die Blondine in die Tasche und gibt ihm 2 Euro.

Schreit der Vater: »Für so ein schlechtes Zeugnis müsste es eigentlich Prügel geben!«
Meint der Sohn: »Genau! Ich weiß auch, wo der Lehrer wohnt!«

Ein Skifahrer und eine Skifahrerin stoßen heftig auf der Piste zusammen. »Hilfe«, jammert der Mann, »ich habe kein Gefühl mehr in meinem Bein.«
»Das wundert mich nicht«, sagt die Skifahrerin, »wenn Sie mich ständig in meins zwicken!«

Wie viele Microsoft-Programmierer braucht man um eine Glühbirne zu wechseln?
Keinen, Dunkelheit wird zum neuen Standard erklärt!

»Schulze«, brüllt der Ausbilder, »warum sind Sie nicht rasiert?«
»Entschuldigung, Herr Feldwebel«, sagt der Rekrut. »Vor dem Spiegel im Waschraum war so ein Gedränge, da muss ich wohl den Falschen rasiert haben.«

Was fragte sich ein Ossi, der mit leerer Einkaufstüte an der Hausecke stand?
»War ich schon einkaufen oder muss ich noch?«

Tanja fragt ihren Tanzpartner: »Tanzen Sie gern?«
»Oh ja, leidenschaftlich gern!«
»Warum lernen Sie es dann nicht?«

»Ich verstehe die Mengenlehre einfach nicht!«
»Ist doch überhaupt kein Problem: Wenn zum Beispiel vier Leute in einem Raum sind und sechs hinausgehen, dann müssen zwei hineingehen, damit der Raum leer ist!«

»Vor jeder Reise kann ich einen ganzen Tag lang nichts tun, weil ich so schrecklich nervös bin!«
»Dann fahr doch einfach einen Tag früher ab!«

Eine hübsche junge Dame sitzt alleine im Cafe. Ein Mann vom Nachbartisch kommt herüber und fragt: »Verzeihen Sie, darf ich Sie auf einen Drink einladen?«
»WAS? INS HOTEL?«, schreit sie schockiert.

»Nein, nein, das ist ein Missverständnis, ich wollte Sie nur auf einen Drink einladen!«
»WAS? INS HOTEL MIT IHNEN?«, kommt es wieder lautstark. Peinlich berührt schaut der Mann sich um und zieht sich in die hinterste Ecke zurück.
Nach kurzer Zeit kommt die Dame zu ihm: »Entschuldigen Sie bitte die Szene von vorhin, aber ich studiere Psychologie und untersuche die menschlichen Verhaltensweisen in unerwarteten Situationen!«
Der junge Mann sieht sie an und schreit dann entsetzt durch das ganze Cafe: »WAAAAS? ZWEIHUNDERT EURO?«

»Herr Ober, das Muster auf der Butter ist heute aber besonders hübsch!«
»Ja, nicht wahr? Ich habe es mit meinem Kamm gemacht!«

Zwei alte Freunde treffen sich. Der eine Anwalt, der andere Arzt.
Der Anwalt: »Wie geht's?«
Darauf der Arzt: »Danke, gut, kann nicht klagen! Und dir?«
Der Anwalt: »Danke, schlecht, kann auch nicht klagen!«

Georg wird aus der Bundeswehr entlassen. Seine Frau holt ihn vom Kasernentor ab. Man hat einiges nachzuholen und mietet sich im nächsten Hotel ein. In der Nacht poltert ein Betrunkener über den Flur.
Georg schreckt hoch: »Verdammt, dein Mann kommt!«
Da murmelt sie im Halbschlaf: »Keine Angst, der ist doch beim Bund!«

Frau Fritz schreibt ihrem Mann ins Gefängnis: »Schatzi! Die Kinder kommen jetzt langsam in das Alter, in dem sie anfangen, Fragen zu stellen! Sie wollen wissen, wo du die Beute versteckt hast!«

»Mami, ich geh heut nicht in die Schule! Die Lehrer sind gemein zu mir und die Kinder hassen mich!«
»Aber Kind, du musst gehen! Du bist der Mathematiklehrer!«

»Wieso hat Mama gemerkt, dass du dich nicht richtig gewaschen hast?«, fragt Max seinen Bruder.
Der antwortet: »Ich habe vergessen, die Seife nass zu machen!«

Ein Mann stellt sich mit einem Terrier und einer Bulldogge beim Zirkusdirektor vor. Die Bulldogge fängt an, Witze zu erzählen, einen nach dem anderen.
»Unglaublich, diese Bulldogge!«, staunt der Direktor.
Der Mann winkt ab. »Ach, die Dogge kann gar nichts! Der Terrier ist Bauchredner!«

Was sagt ein Mann, der bis zum Bauchnabel im Wasser steht?
»Das geht über meinen Verstand!«

Ein Mann kommt in die Apotheke und verlangt vom Apotheker ein Kondom.
Stolz erzählt er ihm: »Heute Abend bin ich bei meiner Freundin zum Essen eingeladen, danach läuft bestimmt noch was!«
Nach zehn Minuten kommt er wieder und sagt: »Ich hätte gerne noch ein Kondom, grad hab ich von einem Kumpel erfahren, dass die Mutter meiner Freundin 'ne richtige Schlampe ist und es mit jedem macht! Ich schätze mal, da geht heut Abend auch noch so einiges!«
Er bekommt das Kondom und geht.
Abends dann bei seiner Freundin schaut er die ganzen Zeit vor sich auf den Teller und redet kein Wort.
Entrüstet sagt sie: »Wenn ich gewusst hätte, dass du so unfreundlich bist, dann hätte ich dich nicht eingeladen!«
Darauf erwidert er: »Hätte ich gewusst, dass dein Vater Apotheker ist, dann wäre ich auch nicht gekommen!«

Im Kaufhaus: »Ich hätte gern ein Kleid, das zu meinem Gesicht passt.«
»Faltenröcke gibt es im dritten Stock!«

Anruf bei der Hotline.
Kunde: »Ich benutze Windows XP!«
Hotline: »Ja!«
Kunde: »Mein Computer funktioniert nicht richtig!«
Hotline: »Das sagten Sie bereits!«

Joe ist zum Tode verurteilt worden, er soll auf den elektrischen Stuhl, hofft aber noch auf Begnadigung. In seiner Ungeduld schreibt er an einen Astrologen, ohne ihm zu sagen, in welcher Lage er ist. Sein Horoskop lautet folgendermaßen: »Wenn man Ihnen in nächster Zeit einen Sitzplatz anbieten sollte, seien Sie vorsichtig. Man hat einen bösen Scherz mit Ihnen vor.«

Der Lehrer: »Thomas, was ist die Hälfte von 8?«
Darauf Thomas: »Waagrecht 0 und senkrecht 3.«

Ein Priester und eine Nonne haben sich in einem Schneesturm verirrt. Völlig erschöpft erreichen sie eine kleine Hütte im Wald. Die Hütte hat zwar nur einen Raum, aber einen ganzen Stapel Decken, ein Bett und einen Schlafsack. Ganz der Kavalier sagt der Priester: »Schwester Angela, ich schlafe natürlich im Schlafsack auf dem Boden, Sie können das Bett nehmen!«

Gesagt getan. Schwester Angela liegt im Bett, der Priester im Schlafsack und schläft langsam ein.

Da sagt die Nonne: »Vater Markus, mir ist so kalt!«

Also quält sich der Priester wieder aus dem Schlafsack und deckt sie mit einer zweiten Decke zu. Er hat sich gerade wieder in seinen Schlafsack verkrochen, da sagt die Nonne wieder: »Vater Markus, mir ist soo kalt!«

Wieder kriecht er aus dem Schlafsack, um ihr eine weitere Decke zu geben. Das Spiel geht noch zweimal so weiter und noch immer ist der Nonne soooo kalt.

Das vierte Mal bleibt der Priester liegen und sagt: »Schwester Angela, ich mache Ihnen einen Vorschlag: Wir sind hier völlig unter uns, niemand wird je erfahren, was in dieser Nacht passiert!«

Sie wird schon ganz neugierig und hört gespannt zu.

»Schwester Angela, lassen Sie uns nur für diese eine Nacht so tun, als wären wir verheiratet!«

Die Nonne errötet und sagt: »In Ordnung, ich bin damit einverstanden!«

Daraufhin brüllt der Priester: »Dann steh auf und hol dir deine dämliche Decke gefälligst selber!«

Eine Frau geht zur Wahrsagerin. Die schaut in ihre Kristallkugel, erbleicht und sagt: »Ich sehe, dass Ihr Mann noch in diesem Jahr einen frühen und grausamen Tod erleiden wird!«
Darauf die Frau: »Und? Wird man mich überführen?«

Im Schulsekretariat läutet das Telefon.
»Susi kann heute nicht kommen. Sie hat sich den Magen verdorben!«
Fragt die Sekretärin: »Und wer spricht da?«
»Meine Mutter!«

»Das Essen ist fabelhaft, Liebling! Kannst du das morgen wieder kochen?«
»Leider nein! Knollenblätterpilze isst man nur einmal im Leben!«

Aus finanziellen Gründen werden in einer Firma drei Mitarbeiter gegen drei Kannibalen ausgetauscht. Bei der Begrüßung mahnt der Chef: »Ihr könnt hier arbeiten, verdient gutes Geld und könnt zum Essen in unsere Kantine gehen. Aber unsere anderen Mitarbeiter rührt ihr nicht an!«
Die Kannibalen schwören, ihre Kollegen in Ruhe zu lassen und machen sich an die Arbeit.
Nach sechs Wochen ruft der Chef sie in sein Zimmer: »Ihr arbeitet sehr gut, soweit bin ich zufrieden, aber eines wollte ich euch fragen: Seit letztem Montag fehlt uns eine Putzfrau, wisst ihr, was aus der geworden ist?«
Die Kannibalen antworten alle mit nein und beteuern ihre Unschuld.
Als endlich Feierabend ist, fragt der Häuptling der Kannibalen: »Wer von euch Deppen hat die Putzfrau gefressen?«
Meldet sich hinten der letzte ganz kleinlaut: »Ich war es!«
Sagt der Häuptling: »Du Idiot, wir ernähren uns seit vier Wochen von Abteilungsleitern, Controllern und persönlichen Assistenten, damit niemand etwas merkt! Und du Trottel musst die Putzfrau fressen!«

»Herr Ober, was macht die Fliege in meiner Suppe?«
»Sieht nach Rückenschwimmen aus, gnädige Frau!«

Ein Autofahrer will eine neue Versicherung abschließen. »Hatten Sie schon Unfälle?«, wird er gefragt.
»Nicht der Rede wert, erst drei!«, antwortet er.
»Und seit wann haben Sie den Führerschein?«
»Seit gestern Mittag!«

»Da gratuliere ich aber! Sie sind der erste Kunde, der sich über einen nicht aufgegangenen Fallschirm beschwert!«

Der Polizist hält einen verdächtigen Mann an. »Sind Sie nicht der Kerl, der vorhin den Pkw gestohlen hat?«
»Aber nein!«, protestiert er. »Sie können mich gerne durchsuchen!«

Ein Dicker trifft einen Dünnen in der U-Bahn und sagt: »Wenn man dich so ansieht, könnte man meinen, es sei eine Hungersnot ausgebrochen«
Kontert der Dünne: »Und wenn man dich so ansieht, könnte man meinen, du wärst daran schuld.«

Erzählt Herr Huber seiner Frau: »Stell dir vor, die reiche Witwe von nebenan hat ihrem Hund 10 000 Euro vererbt!«
Die Frau beruhigt ihn: »Das wird nicht so einfach werden! Ich habe gehört, dass der Papagei das Testament anfechten will!«

»Diese Gleisarbeiter sind doch oberfaul!«, beschwert sich Leo bei seinem Freund in der S-Bahn. »Jedes Mal, wenn wir hier vorbeifahren, stehen sie neben den Schienen und tun nichts!«

»Herr Doktor, kann sich ein Junge von sechs Jahren den eigenen Blinddarm herausnehmen?«
»Nein, auf keinen Fall!«
»Da hörst du es, Paul, tu ihn sofort zurück!«

Morgens um halb acht in der Frankfurter U-Bahn. Ein frisch rasierter junger Mann mit Krawatte und Anzug betritt den Waggon und ruft vergnügt: »Guten Moorgen!«
Tiefes Schweigen, aber hundert mürrische Pendler heben die Köpfe. Schließlich sagt einer in der hintersten Ecke zu seinem Nachbarn: »Du, isch glaab, des werd sisch net doschsetze!«

Ein Tropenforscher wird von Kannibalen gefangen.
Der Häuptling beruhigt ihn: »Wir sind ein kultivierter Stamm, der seit Jahren Entwicklungshilfe bekommt! Sie kommen nicht in den Kochtopf!«
Dem Forscher fällt ein Stein vom Herzen.
Sagt der Häuptling: »Sie kommen natürlich in die Mikrowelle!«

Eine Frau soll gesteinigt werden. Jesus tritt vor die Menge und predigt: »Wer unter euch ohne Sünde ist, der werfe den ersten Stein!« Plötzlich kommt ein riesiger Wacker geflogen und trifft die Frau am Kopf – tot. Jesus dreht sich um und sagt: »Mutter, manchmal kotzt du mich echt an!«

Zwei verheiratete Männer unterhalten sich über ihre Schwiegermütter. Sagt der eine: »Stell dir vor, meine Schwiegermutter hat jetzt endlich ihr Idealgewicht erreicht!« Daraufhin der andere neugierig: »Und? Wie schwer ist sie?« Die Antwort: »6,5 Kilo, inklusive Urne!«

Was ist der Beweis dafür, dass Märchen frei erfunden sind?
Dass der Prinz immer ein intelligenter, gut aussehender, reicher Single ist!

Wahlkampf. Zwei Politiker verschiedener Parteien tragen ein öffentliches Rededuell aus. Meint der eine: »Es mag wohl viele Arten geben, Geld zu verdienen, aber nur eine ehrliche!« Höhnt der andere: »Und welche soll das sein?« »Ich wusste doch, dass *Sie* die nicht kennen!«

»Papa, wenn du mir Geld gibst, erzähle ich dir, was der Briefträger immer zu Mama sagt!«
»Hier sind fünf Euro! Schieß los!«
»Guten Morgen, Frau Meier, hier ist Ihre Post!«

»Mutti, wie lang bist du schon mit Vati verheiratet?«
»Fünfzehn Jahre, mein Kind!«
»Und wie lange musst du noch?«

»Also, es besteht leider kein Zweifel mehr, Sie sind vergiftet worden!« »Aber womit denn, mein Gott?« »Keine Sorge, das werden wir bei der Obduktion feststellen!«

Vorstellungsgespräch:
»An welche Position hätten Sie denn gedacht?«
»Beamteter Staatssekretär!«
»Sind Sie verrückt?«
»Nein, wird das vorausgesetzt?«

Wo ist der Unterschied zwischen Polizisten und Terroristen?
Terroristen haben Sympathisanten ...

Richter: »Ich kenn Sie doch! Hab Sie schon tausendmal gesehen! Sie sind doch garantiert vorbestraft!«
Angeklagter: »Nein, Herr Richter! Ich bin Türsteher im Erotikclub!«

Die schwangere Frau in der Bäckerei: »Ich bekomme ein Weißbrot!«
Darauf der Bäcker: »Na, da wird sich Ihr Mann aber wundern!«

Das Telefon läutet; ein Angestellter geht ran und flucht: »Welcher Arsch wagt es, mich in der Mittagspause anzurufen?«
Da brüllt der Anrufer: »Wissen Sie eigentlich, mit wem Sie sprechen? Ich bin der Generaldirektor!«

Der Angestellte erwidert schlagfertig: »Wissen Sie eigentlich, mit wem SIE sprechen?«
Der Generaldirektor antwortet verdutzt: »Nein!«
Darauf der Angestellte: »Na, dann hab ich ja noch mal Glück gehabt!«

Treffen sich 2 Jäger – beide tot.

Arzt: »Da sind Sie ja noch rechtzeitig gekommen!«
Patient erschrocken: »Ist es denn so ernst, Herr Doktor?«
Arzt: »Das nicht, aber einen Tag später und es wäre von allein weggegangen!«

Amtmann Müller, zu Hause beim Frühstück, löffelt gerade das zweite Ei, nimmt noch eine weitere Tasse Kaffee und liest seit über einer Stunde geistesabwesend die Zeitung.
Schließlich fragt ihn seine Frau: »Sag mal, Jochen, musst du heute nicht ins Amt?«
Müller fährt wie von der Tarantel gestochen hoch und stöhnt: »Ach du meine Güte, ich dachte, ich wäre längst dort!«

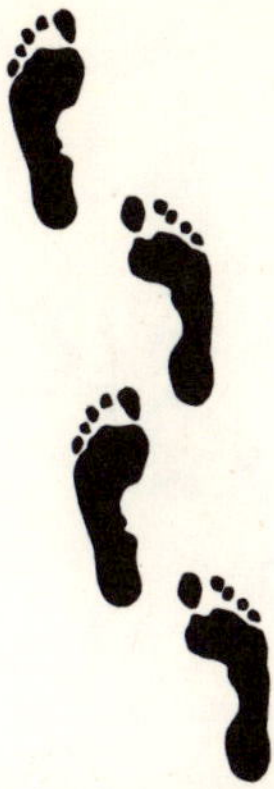

Stolz sitzt der frisch ernannte Abteilungsleiter in seinem neu eingerichteten Büro.
Als ein junger Mann sein Büro betritt, greift er zum Telefon: »Aber ja Herr Direktor, wirklich ein reizender Abend gestern bei Ihnen, Herr Direktor, aber ja, bis dann!« Er hängt wieder ein und wendet sich gönnerhaft an den Besucher: »Was kann ich für Sie tun?«
»Nichts, ich will nur das Telefon anschließen!«

München-Schwabing, Kneipenszene, Samstag Nacht, 3 Uhr. Es fahren keine U-Bahnen mehr. Ein angetrunkener Mann besteigt ein Taxi, legt 20 Euro hin und möchte nach München-Neuhausen. Der Taxifahrer lehnt ab: »Hören Sie mal, die 20 Euro reichen gerade mal bis zum Scheidplatz, bis Neuhausen kostet die Fahrt 30 Euro!«
Der Mann bleibt sitzen und bittet den Taxifahrer, so weit zu fahren, bis die Uhr 20 Euro anzeigt. Am Scheidplatz hält der Taxifahrer an und wirft den Kerl raus. Dieser probiert es auf die Mitleid-Tour: »Bitte fahren Sie doch noch ein Stück weiter, es hat Minusgrade draußen, ich erfriere auf dem Fußweg bis Neuhausen!«
Doch der Taxifahrer bleibt stur und setzt den Mann mitten auf der Straße ab.
Am nächsten Tag, selber Ort, selbe Uhrzeit. Es stehen 10 Taxis in der Reihe, der Taxifahrer von gestern ganz hinten. Der Mann geht zum vordersten Taxi und fragt: »Wie viel kostet eine Fahrt nach Neuhausen?«
Der Taxifahrer antwortet: »30 Euro!«
Der Mann hält ihm einen 50-Euro-Schein hin: »Ich bezahle Ihnen 50 Euro, wenn Sie mich nach Neuhausen fahren und mir anschließend noch einen blasen!«
Der Taxifahrer lehnt mit bösen Worten ab und kurbelt das Fenster hoch. So geht der Kerl zum zweiten Taxi in der Reihe, bekommt wieder einen Fahrpreis von 30 Euro genannt und bietet 50 Euro für die Fahrt mit anschließendem Blasen. Auch der zweite Taxifahrer lehnt mit tobenden Worten ab. Es folgt der dritte in der Reihe, der vierte u. s. w. bis er beim letzten ange-

langt ist: »Guten Abend, ich muss nach München-Neuhausen, was kostet die Fahrt dahin?«
Der Taxifahrer antwortet: »Das kostet 30 Euro, das wissen Sie doch noch von gestern!«
Der Mann steigt ein, legt dem Fahrer einen 50-Euro-Schein auf den Sitz und sagt: »Ich gebe Ihnen diese 50 Euro, wenn Sie mir einen Gefallen tun: Winken Sie bitte beim Losfahren doch Ihren Kollegen!«

Die Ziege und die Schnecke machen sich beide mit unterschiedlichem Anliegen auf den Weg zum Rathaus. Wer bekommt seinen Willen? Natürlich die Schnecke; man muss kriechen, nicht meckern!

»Ich habe gerade erfahren, dass Tante Frieda gestorben ist – der Tod hat sie im Schlaf überrascht!«
»Schrecklich – sie weiß also noch gar nichts davon?«

»Herr Doktor, Sie müssen mir helfen. Mein Schwiegervater wird langsam senil – er sitzt den ganzen Tag in der Badewanne und spielt mit einer gelben Quietschente!«
»Ach, gönnen Sie doch dem armen alten Mann dieses harmlose Vergnügen!«
»Nein, verdammt noch mal! Es ist meine Quietschente!«

Warum dürfen Beamte nicht streiken? Ja warum eigentlich nicht, würde doch eh keiner merken …

Vor dem Rathaus: Der Tourist fragt den Bürgermeister: »Sagen Sie mal, wie viele Leute arbeiten denn da drin eigentlich?«
Die Antwort: »Nun, maximal die Hälfte!«

Ein Bayer, ein Ossi, ein Pole, ein Türke und ein Österreicher gehen im Wald spazieren und treffen eine Fee, die jedem von ihnen einen Wunsch gewährt.
Sagt der Pole: »In Polen wir alle haben kein oder schlechtes Auto. Wir alle haben wollen dicken Mercedes!«Die Fee schwingt ihren Zauberstab und fortan fährt jeder Pole eine dicke Luxuskarosse.
Der Türke hat einen ganz anderen Wunsch: »Ich wünschen konkret geile Frau mit dicke Dinger vorne und hinten für jeden Türken!« Die Fee schwingt ihren Zauberstab, im Handumdrehen werden Millionen türkische Männer verwöhnt.
Der Ossi wird nostalgisch: »Früher war bei uns alles besser! Ich wünsch mir die Mauer wieder zurück!« Die Fee schwingt den Zauberstab und die Mauer steht wieder.
Der Österreicher ist eigentlich ein zufriedener Mensch, deshalb fiel ihm nichts Besseres ein, als seinem bayerischen Gegenüber eins auszuwischen: »Ich wünsche mir, dass die bayerisch-österreichische Grenze von keinem Trottel mehr überquert wird!« Das ist vernünftig, dachte sich die Fee, und ließ die Alpen zum welthöchsten Gebirge anwachsen. Sie wendet sich dem Bayern zu.
Der Bayer schweigt lange, dann fängt er laut zu denken an: »Die Polen klauen also unsere Autos nicht mehr, die Türken lassen unsere Frauen in Ruhe, die Mauer steht wieder und wir haben nichts mehr mit diesen österreichischen Vollidioten zu tun!« 30 Sekunden Pause. »Ich wünsch mir eine Maß Bier und eine Schweinshaxe mit zwei dicken Knödeln!«

Auf dem Finanzamt: »Wann kann ich Urlaub nehmen?«
»Moment mal, Sie sind hier doch gar nicht beschäftigt!«
»Aber ich arbeite fast nur für Sie!«

Weshalb tragen Chirurgen einen Mundschutz beim Operieren?
Damit sie das Messer nicht ablecken!

Im Wartezimmer eines Nervenarztes führt sich einer wie Tarzan auf.
Fragt ein anderer: »Wer hat Ihnen eigentlich gesagt, dass Sie Tarzan sind?«
Im Brustton der Überzeugung kommt die Antwort: »Der liebe Gott!«
Da steht in der Ecke des Zimmers ein dritter auf und fragt: »Was soll ich gesagt haben?«

Die Mutter schimpft: »Wenn du dich weiterhin so aufführst, geben wir dich in ein Internat, damit du gute Manieren lernst!«
Sagt der Sohn: »Die kann ich zu Hause wohl nicht lernen …?«

»Was war das für ein Krach da draußen?«, fragt der Vater wütend.
Darauf die Tochter: »Ein Lkw wollte in die Querstraße einbiegen!«
»Und das soll so einen Krach machen?«
»Klar, wenn da doch gar keine Querstraße ist!«

Finden zwei Polizeibeamte eine Leiche vor einem Gymnasium. Fragt der eine den anderen: »Du, wie schreibt man denn Gymnasium?«
Der andere überlegt und sagt: »Tragen wir ihn zur Post!«

Chef zum verspäteten Mitarbeiter: »Ich erwische Sie diese Woche schon zum vierten Mal beim Zuspätkommen! Welche Schlussfolgerung ziehen Sie daraus?«
»Es ist Donnerstag!«

Die Sprechstundenhilfe kommt ins völlig überfüllte Wartezimmer: »Wo ist denn der Junge, der einen Gips wollte?«
»Der ist wieder gegangen, der Bruch war inzwischen verheilt!«

Auf der Beerdigung schwadroniert der Pfarrer: »Allzu früh hat der Tod den Verblichenen dahingerafft, an seinem Grabe trauert auch seine 34jährige Witwe!«
Darauf ertönt – von Schluchzen unterbrochen – eine Frauenstimme: »Neunundzwanzig bitte, ja!«

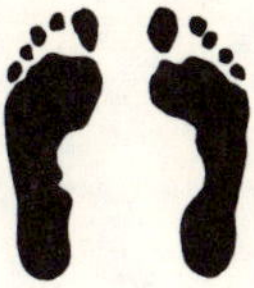

Der amerikanische Präsident George W. Bush und der englische Premierminister Tony Blair unterhalten sich beim Staatsempfang im Weißen Haus. Ein Gast fragt: »Was ist heute Ihr wichtigstes Thema?« Darauf der Präsident: »Wir planen gerade den dritten Weltkrieg. Dabei müssen wir leider den Tod von zwei Millionen Muslimen und einem Zahnarzt einkalkulieren!« Fragt der Gast: »Warum ein Zahnarzt?« Bush klopft Blair auf die Schulter: »Siehst du, was habe ich dir gesagt, keiner fragt nach den vier Millionen Muslimen!«

Im Hörsaal sind zwei Garderobenhaken angebracht worden. Darüber ein Schild: »Nur für Dozenten!«
Am nächsten Tag klebt ein Zettel drunter: »Aber man kann auch Mäntel dranhängen!«

»Was ist schlimmer als ein Mann?«
»Zwei Männer!«

»Herr Ober, bei mir ist eine Fliege in der Suppe!«
»Nicht mehr lange, mein Herr, sehen Sie nicht die Spinne am Tellerrand lauern?«

Der Richter: »Erkennen Sie in dem Angeklagten den Mann wieder, der Ihnen Ihr Auto gestohlen hat?«
Der Kläger zögernd: »Nach der Rede des Herrn Verteidiger bin ich mir nicht mehr sicher, ob ich überhaupt jemals ein Auto besessen habe!«

Beim Abendessen sagt Frau Meier: »In der Zeitung steht, dass der Mensch vier Kilo Salz im Jahr zu sich nehmen muss, um gesund zu bleiben.«
»Das kann schon sein«, sagt ihr Mann und würgt an seiner Suppe, »aber bestimmt nicht alle vier Kilo auf einmal!«

Frau Huber liegt todkrank im Bett. »Schwöre mir, dass, wenn du schon eine Nachfolgerin für mich findest, sie nie meinen Brillantring tragen wird!« Darauf ihr Mann: »Ach, so ein Unsinn! Erstens bist du in ein paar Tagen wieder gesund und zweitens hat sie viel kräftigere Hände als du ...«

»Sie wollen einen Posten in unserer Firma! Was können Sie denn?« »Nichts!« »Tut mir leid, die hochbezahlten Positionen sind alle schon besetzt!«

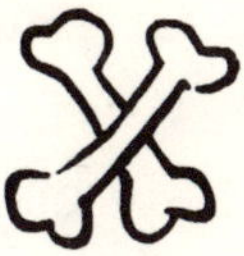

Es ist nun auch wissenschaftlich anerkannt, was schon lange vermutet wurde: Die Frau wurde nicht aus der Rippe Adams geschaffen, sondern aus dessen Gehirn. Der Beweis ist einfach: Die Rippen hat der Mann noch.

»Sie müssen beim Ausfüllen des Totenscheins mehr Sorgfalt walten lassen!«, mahnt der Chefarzt den jungen Assistenten. »Sie haben schon wieder in der Spalte mit der Frage *Todesursache?* Ihren eigenen Namen eingetragen!«

»Frollein, servieren Sie auch Flaschen?«
»Natürlich, mein Herr, hier wird jeder bedient!«

Steht eine Oma an der Kreuzung und bittet einen jungen Mann: »Könnten Sie mir bitte über die Straße helfen?«
»Aber die Ampel zeigt doch Rot!«
»Na eben! Bei Grün schaffe ich es auch alleine!«

Schwester: »Herr Doktor, der Simulant von Zimmer 8 ist gestorben!«
Doktor: »Na, heute übertreibt er aber!«

Vier Biologiestudenten standen kurz vor der letzten Klausur. Da sie ganz sicher waren, die Prüfung zu bestehen, feierten sie im Voraus die ganze Nacht durch. Am nächsten Tag hatten sie so einen Kater, dass sie unmöglich die Prüfung schreiben konnten. Daher erklärten sie dem Professor, sie hätten Freilandforschung in einem weit entfernten Naturschutzgelände betrieben und auf dem Rückweg hätten sie einen Platten gehabt und keinen Wagenheber dabei, und es hätte ewig gedauert, bis ihnen jemand geholfen hätte. Deswegen seien sie erst jetzt angekommen! Der Professor dachte darüber nach und erlaubte ihnen dann, die Abschlussprüfung am nächsten Tag nachzuholen. Die Studenten waren unheimlich erleichtert. Sie lernten die ganze Nacht durch, und am nächsten Tag kamen sie pünktlich zur Prüfung. Der Professor setzte jeden in einen anderen Raum, gab ihnen die Aufgaben und sagte ihnen, sie sollten anfangen. Die erste Frage brachte fünf Punkte. Sie war so einfach, dass sie es kaum glauben konnten. »Cool«, dachten alle vier Studenten in ihren separaten Räumen, »das wird eine leichte Prüfung.« Jeder von ihnen schrieb die Lösung der ersten Frage hin und drehte das Blatt um: »Zweite Frage: 95 Punkte. Welcher Reifen war platt?«

Der Löwe brüllt ein Zebra an: »Wer bin ich?«
Zitternd antwortet das Zebra: »Der König der Tiere!«
Zufrieden geht der Löwe weiter und faucht eine Gazelle an: »Wer bin ich?«
Halbtot vor Angst stammelt sie: »Der König der Tiere!«
Zufrieden geht der Löwe weiter und brüllt einen Elefanten an: »Wer bin ich?«
Der Elefant hebt ihn mit dem Rüssel hoch und schleudert ihn in den nächsten Kaktus. Da murmelt der Löwe kleinlaut: »Man wird doch wohl noch mal fragen dürfen ...«

Warum brauchte man früher in der DDR 13 Jahre fürs Abitur?
Weil ein Jahr davon Schauspielunterricht war ...

Patient: »Herr Doktor, ich habe das Gefühl, keiner nimmt mich ernst!«
Der Doktor: »Sie scherzen!«

Kommt ein Mann in die Bücherei: »Ich hätte gern das Buch *Der Mann – das starke Geschlecht*!«
Sagt die junge Angestellte: »Fantasyromane finden Sie im ersten Stock links!«

»Herr Doktor, Herr Doktor, ist meine Krankheit sehr schlimm?«
»Na ja, eine Monatskarte würde ich mir vielleicht nicht mehr kaufen!«

»Sagen Sie mal, Kollege Hermann, der Chef hat Sie überall gesucht! Wo waren Sie denn?«
»Aber ich saß doch die ganze Zeit an meinem Schreibtisch und habe gearbeitet!« »Ach so, na das konnte natürlich niemand ahnen!«

Jeder verstorbene Beamte hinterlässt im Büro eine Lücke, die ihn voll ersetzt!

Ein erfolgreicher junger Software-Entwickler gönnt sich eine Kreuzfahrt. Das Schiff sinkt. Wundersamerweise überlebt er und findet sich ohne irgendwelche Güter auf einer kleinen Insel wieder. Es gibt nichts, nur Bananen und Kokosnüsse.

Etwa vier Monate später, als er gelangweilt am Strand liegt, kommt die schönste Frau, die er jemals gesehen hatte, angerudert. Staunend fragt er: »Woher kommst du und wie bist du hierher gekommen?«

»Ich komme von der anderen Seite der Insel, dort bin ich angespült worden, als mein Kreuzfahrtschiff unterging!«, antwortet sie.

»Phantastisch, da hast du aber Glück gehabt, dass auch ein Boot mit angespült worden ist!«

»Ach, das hier, nein das habe ich aus den Rohmaterialien gebaut, die ich auf der Insel gefunden habe! Die Ruder sind von einem Gummibaum, der Boden ist aus Palmblättern und die Seiten und der Steven sind aus Eukalyptusholz!«

»Aber das ist doch unmöglich, du hattest doch gar kein Werkzeug!«

»Kein Problem, an der Südküste gibt es viele Steine, wenn ich die in meinem Ofen auf eine bestimmte Temperatur erhitze, schmelzen sie zu Eisen. Daraus kann ich Werkzeuge fertigen!«

Der Mann ist schockiert.

»Komm, lass uns rüberrudern, dahin, wo ich wohne!«, schlägt die Frau vor.

Nach zehn Minuten legt das Boot an einem kleinen Kai an. Der Mann fällt fast ins Wasser vor Erstaunen. Vor ihm liegt ein gepflasterter Weg zu einem Bungalow, der weiß und rot angemalt ist. Nachdem sie das

Boot mit einem perfekt geflochtenen Hanfseil festgebunden hat und sie ins Haus gehen, sagt sie: »Das ist nicht unbedingt groß, aber ich nenne es mein Heim. Setz dich – einen Drink?«
»Nein, nein danke, ich kann keinen Kokossaft mehr sehen!«
»Das ist kein Kokossaft. Ich habe eine kleine Brennerei. Was sagst du zu einer Piña Colada?«
Sie setzen sich auf ihr Sofa und erzählen sich ihre Geschichten ...
Dann sagt sie: »Ich ziehe mir schnell mal was Bequemes an. Möchtest du dich rasieren und ein Bad nehmen? Oben im Bad ist ein Rasierapparat.«
Der Mann findet ein Rasiermesser aus zwei geschliffenen Muschelschalen mit Knochengriff. »Die Frau ist phantastisch, mal sehen, was als Nächstes passiert!«, denkt er.
Als er wieder in die Stube kommt, findet er sie nur mit ein paar Weinranken bekleidet, sie duftet leicht nach Rosen. Sie bittet ihn, sich zu ihr zu setzen. »Sag mir«, sagt sie verführerisch, während sie näher an ihn heranrückt, »wir sind jetzt schon so lange auf dieser Insel allein. Du warst einsam. Ich glaube, da ist etwas, das du jetzt bestimmt sehr gerne tun würdest, etwas, worauf du all diese Monate verzichten musstest, du weißt schon ...«
Sie schaut ihm tief in die Augen.
Er kann nicht glauben, was er da hört. Er schluckt und stottert überwältigt: »Meinst du ...? Ist das möglich ...??? Kann ich von hier aus wirklich meine E-Mails lesen?«

Ein Mann steht wegen Mord vor Gericht. Der Richter sagt: »Sie sind angeklagt, mit einem Hammer auf Ihre Frau eingeschlagen zu haben, bis der Tod eintrat!«
Da ruft jemand von den hinteren Zuhörerbänken: »Du Dreckskerl!« Der Richter ignoriert den Zwischenruf und fährt fort: »... außerdem werden Sie beschuldigt, mit dem gleichen Hammer auch Ihre kleine Tochter erschlagen zu haben!« Wieder der Zwischenrufer: »Du verdammter Dreckskerl!« Richter: »Das Gericht duldet keine weiteren Zwischenrufe! Ich werde Sie mit einem Bußgeld belegen – was ist Ihr Problem?« Der Zuhörer steht auf und deutet auf den Angeklagten: »Ich bin seit 17 Jahren sein Nachbar, und immer, wenn ich mir einen Hammer borgen wollte, hat der Dreckskerl behauptet, er hat keinen!«

Warum müssen Studenten um sieben Uhr aufstehen? Weil die Geschäfte um acht Uhr schließen!

Der Vater klärt seinen Sohn auf: »Also, du solltest es endlich erfahren: Der Weihnachtsmann, der Osterhase, das bin immer nur ich gewesen!«
»Weiß ich doch längst«, beruhigt ihn der Kleine, »nur der Storch, das war der Onkel Reiko!«

Wussten Sie schon, dass fünf von drei Leuten keine Bruchrechnung können?

Der Chefdirektor nach dem Diktat zu seiner Sekretärin: »Schreiben Sie bitte noch ›Streng vertraulich‹ drüber, ich möchte sichergehen, dass jeder im Büro das Rundschreiben liest!«

Stewardess zum Kapitän: »Kapitän, wir haben einen blinden Passagier an Bord, was sollen wir mit dem machen?«
»Werfen Sie ihn sofort über Bord!«
Ca. 15 Minuten später: »Und was machen wir jetzt mit dem Hund?«

Fragt der Gast: »Herr Ober, warum kassieren Sie denn schon vor dem Servieren?«
Darauf der Ober: »Bei Pilzgerichten ist das bei uns so üblich.«

Was war Jesus von Beruf? Student! Er wohnte mit dreißig Jahren noch bei den Eltern, hatte lange Haare, und wenn er etwas tat, dann war es ein Wunder.

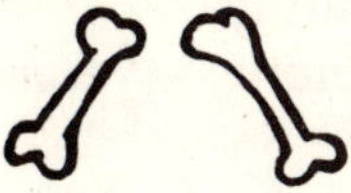

»Kann ich bitte meine Frau zurückhaben?«, fleht der Tourist die Kannibalen an.
»Natürlich. Acht Euro die Dose.«

»Angeklagter, leugnen ist zwecklos! Drei Zeugen haben Sie bei dem Einbruch gesehen!«
»Das beweist gar nichts: Ich kann Ihnen mindestens dreihundert Zeugen bringen, die mich nicht dabei gesehen haben!«

Eine Polizeistreife kracht gegen einen Baum.
Sagt der eine Polizist zum andern: »So schnell waren wir noch nie am Unfallort!«

»Herr Ober, ich habe jetzt schon zehnmal Braten mit Knödeln bestellt!«
»Tut mir leid, gnä' Frau, aber bei solchen Mengen dauert es etwas länger!«

Lukas kommt heulend aus dem Wohnzimmer. Fragt die Mutter: »Warum weinst du denn?«
Lukas: »Vater hat sich mit dem Hammer auf den Daumen gehauen!«
Darauf die Mutter: »Aber da weint man doch nicht. Da lacht man doch eher.«
»Das hab ich ja auch getan.«

Wie sagt man, wenn ein Beamter beerdigt wird?
Er wird umgebettet!

»Mami, Mami, ich habe ein Gebiss!«
»Woher hast du es denn?«
»Von Opa!«
»Und was hat der dazu gesagt?«
»Biff mir fofott mein Bebiff bieber!«

Der Quizmaster zum Kandidaten:
»Was ist der Unterschied?«
»Zwischen was?«
»Tut mir leid, helfen darf ich Ihnen nicht!«

»So wie es aussieht, können wir Ihnen das Treppensteigen jetzt wieder zumuten!«, meint der Arzt zum Patienten. Darauf dieser: » Na, endlich! Das ewige Regenrinne-Raufklettern war ziemlich lästig!«

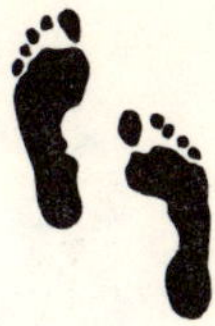

Möller steigt in den überfüllten Bus, nimmt sein Glasauge heraus und wirft es in die Luft. Fragt der Schaffner: »Was machen Sie da?«
Sagt Möller: »Ich wollte bloß sehen, ob hinten noch Platz ist.«

»Hast du die Fahrprüfung endlich bestanden?«
»Keine Ahnung, der Prüfer liegt noch im Hospital.«

»Au!«, schreit der Kunde. »Sie haben mir ja ein Stück von meinem Ohr abgeschnitten!«
»Oh, verzeihen Sie!«, murmelt der Friseur. »Ich werde Ihnen die Ecke gleich abrunden.«

Sitzt eine Nonne in einem Bus. Kommt ein Hippie, setzt sich neben sie und fragt: »Tschuldigung, hättest du Lust zu ficken?«
Die Nonne: »Nein, das kann ich nicht machen, ich bin eine Dienerin Gottes!«
An der Bushaltestelle steigt der Hippie aus; der Busfahrer hält ihn fest und sagt: »Wenn du diese Nonne ficken willst, dann gebe ich dir einen Tipp! Jeden Abend um elf geht sie auf den Friedhof und betet!«
Der Hippie bedankt sich und folgt dem Rat des Busfahrers. Um elf kommt er in Jesusgewändern zum Friedhof und sieht die Nonne beten.
Er tritt vor sie und ruft: »Ich bin Jesus und habe von Gott den Befehl erhalten, dich zu nehmen!«
Die Nonne sieht verwundert auf und fragt: »Wenn du wirklich Jesus bist und Gott dir das aufgetragen hat, so nimm mich, aber bitte von hinten, damit du mein Haupt nicht betrachten musst!«
Nach fünf Minuten wildem Treiben reißt sich der Hippie die Jesusgewänder vom Leib und schreit: »Reingefallen, ich bin der Hippie!«
Darauf reißt sich die Nonne die Gewänder vom Leib und ruft: »Reingefallen, ich bin der Busfahrer!«

Ein Polizist hält einen Autofahrer an: »Der Wagen ist ja total überladen! Geben Sie mir mal Ihren Führerschein!«
»Wieso?«, fragt der Autofahrer verdutzt. »Der wiegt doch höchstens hundert Gramm!«

Der kürzeste Beamtenwitz:
Geht ein Beamter zur Arbeit ...

»Mein Hund hat mir das Leben gerettet!«, berichtet Herr Meier stolz.
»Was denn, der kleine Pudel? Wie denn das?«
»Letzten Winter war ich krank. Drei Ärzte haben versucht, an mein Bett zu kommen, aber er hat keinen herangelassen!«

Vor der Schule steht ein Schild mit der Aufschrift: »Überfahren Sie die Kinder nicht!«
Schreibt Gisela drunter: »Warten Sie auf die Lehrer!«

Ilona liest ihrem Bruder aus der Zeitung vor: »In der albanischen Stadt Lsna Krksydalmksik hat es ein schweres Erdbeben gegeben.« Darauf der Bruder: »So? Und wie hieß die Stadt vorher?«

Ein Wärter begleitet eine Gruppe von Zoobesuchern zu den verschiedenen Käfigen und erklärt: »Diese Riesenschlange hat so viel Kraft, dass sie mit Leichtigkeit ein Schwein erwürgen könnte!«
Da ertönt aus dem Hintergrund eine weibliche Stimme: »Detlef, geh nicht so nah ran!«

Zwei Musikkritiker treffen sich nach der Oper. Sagt der eine: »Die Sängerin, die vorhin ausgepfiffen wurde, soll in der Garderobe einen Schreikrampf bekommen haben.«
Sagt der andere: »Was? Noch einen?«

Franz: »Mein Bruder ist von einem zwanzig Meter hohen Baum gefallen.«
Jonas: »Da hat er sich bestimmt schwer verletzt!«
Franz: »Nein, überhaupt nicht. Er saß ja noch auf dem untersten Ast.«

»Vergangene Woche war das Rotbarschfilet aber viel besser, Herr Ober!«
»Das kann nicht sein! Es ist doch vom selben Fisch!«

Wie viel muss ein Polizist trinken, um auf 0,5 Promille zu kommen?
Drei Tage lang gar nichts!

»Ich verstehe nicht, Frau Jeckel, dass Sie ein Haarteil tragen! Stellen Sie sich doch mal vor – Haare von einer anderen Frau!«
»Na und? Sie tragen ja auch Wolle von einem anderen Schaf!«

Kinderarzt zur kleinen Marie: »Dass du im Schlaf redest, ist doch nicht schlimm!«
»Nein, an sich nicht, aber die ganze Klasse lacht schon über mich.«

Ein Mann geht zum Barbier und lässt sich rasieren. Als er fertig ist, bittet er den Lehrling um ein Glas Leitungswasser.
»Sie müssen ja sehr durstig sein«, staunt der junge Mann.
»Nein, nein«, sagt der Kunde. »Eigentlich nicht. Ich wollte nur wissen, ob mein Hals noch dicht ist.«

Der Parkwächter spricht eine Frau an, die einsam auf einer Parkbank sitzt: »Verzeihen Sie, meine Dame, diese Bank ist frisch gestrichen!«
»Wie bitte?«
»Blau!«

Der Ober bringt den bestellten Gemüseteller. Der Gast schnuppert und sagt: »Das Gemüse riecht faulig!«
Der Ober tritt drei Schritte zurück und fragt: »Jetzt immer noch?«

Maus und Elefant gehen schwimmen. Der Elefant ist schon im Wasser. Da ruft die Maus ganz aufgeregt: »Du, komm noch mal raus!«
»Was ist denn?«
»Dazu musst du erst rauskommen!«
Kaum ist der Elefant aus dem Wasser geklettert, winkt die Maus ab: »Schon gut, ich wollte nur sehen, ob du meine Badehose anhast!«

Die Lehrerin kontrolliert die Strafaufgaben. »Lisa! Habe ich dir nicht gesagt, die sollte von deinem Vater unterschrieben werden?«
»Habe ich ihm ja auch gesagt, aber er hat gesagt, er könne das nicht unterschreiben! Wie sähe das denn aus, hundert Mal: *Ich bin faul, dumm und widerspenstig!* Gezeichnet: Dr. Alfons Meiser!«

»Markus, warum hast du so schmutzige Hände?«, schimpft der Friseur.
Der Lehrling verteidigt sich: »Es war ja noch keiner zum Haarewaschen da!«

Herr Ackermann geht über den Fußballplatz und blickt angestrengt zu Boden. Fragt ihn der Platzwart: »Suchen Sie etwas?«
Darauf Herr Ackermann: »Es heißt, hier ist ein Spiel verloren gegangen!«

In der Reitstunde wagt Herr Maier den ersten Hindernissprung. Riesenanlauf, Konzentration, aber das Pferd bockt und Herr Maier fliegt in hohem Bogen über die Stange.
»Sehr gut!«, lobt der Reitlehrer. »Und beim nächsten Versuch nehmen Sie das Pferd bitte mit!«

Der Sohn beim Frühstück: »Papi, das Barometer ist ganz tief gefallen!«
»So? Wie tief denn?«
»Bis auf den Boden, Papi!«

»Waren Sie eigentlich in Berlin länger als in München?«
»Nein, ich war überall 1,76 Meter!«

Trainer zum Mittelstürmer: »Du spielst heute gegen Max Nargler!«
»Das ist ja schrecklich, der tritt doch auf alles, was sich bewegt!«
»Na, dann besteht für dich ja keine Gefahr!«

Martin sagt zu seiner Mutter: »Ich habe Bauchweh!«
»Das kommt davon, dass du nichts im Bauch hast!«
Etwas später klagt Onkel Otto über Kopfschmerzen.
Darauf Martin: »Das kommt davon, dass du nichts im Kopf hast!«

Die Mutter schaut sich mit ihrer Tochter Lena das Familienalbum an.
Plötzlich fragt Lena: »Wer ist denn der Dünne mit den roten Haaren!«
»Aber Lena, das ist dein Vater!«
»Ach so! Und wer ist dann der Dicke mit der Glatze, der bei uns wohnt?«

Was macht eine Muslimin, wenn sie auf ein leeres Blatt Papier starrt?
Sie liest sich ihre Rechte durch ...

Als Klara zum ersten Mal in der Schule war, fragt der Opa sie am Abend:
»Na, wie war es denn in der Schule?«
»Pah, alles Betrug!«
»Wie bitte?«, fragt der Opa entsetzt.
»Ist doch wahr! An der Tür stand Erste Klasse und drinnen waren nur Holzbänke!«

Der Lehrer: »Was ist flüssiger als Wasser?«
Der Schüler: »Hausaufgaben, die sind überflüssig!«

Ein Junge kommt mit seinem zitternden Hündchen aus der Praxis des Tierarztes. Da fragt ihn ein mitfühlender Rentner:
»Was fehlt ihm denn?«
»Er ist geimpft worden!«
»Und wogegen?«
»Gegen seinen Willen natürlich!«

»Dieser Hut steht dir ausgezeichnet.«
»Aber er verdeckt ja mein ganzes Gesicht!«
»Ja, genau!«

Es regnet. Ein Mann steigt in einen sehr alten Bus. Er setzt sich genau da hin, wo das Wasser hineintropft. Außer ihm ist kein einziger Passagier im Bus.
Meint der Fahrer: »Tauschen Sie doch Platz!«
Der Mann sieht sich um und zuckt die Achseln: »Mit wem denn?«

Kommt ein Mann zum Arzt und meint: »Herr Doktor, ich kann mir nichts merken! Absolut gar nichts!«
»Und wie lange haben Sie das schon?«
»Was soll ich haben?«

Jonas findet auf dem Sperrmüll einen Spiegel. Kritisch sieht er hinein und meint: »Dieses blöde Bild hätte ich auch weggeworfen!«

»Warum habt ihr keine Kinder?«, fragt Klein-Mia Onkel und Tante.
»Der Klapperstorch hat uns keine gebracht, meine Süße!«, antwortet die Tante.
»Na, jetzt ist mir alles klar! Wenn ihr auf den Klapperstorch wartet, kriegt ihr sie nie!«

»Hör mal, Junge, als George Washington in deinem Alter war, war er Klassenbester!«
»Ja, Papa, und als er in deinem Alter war, war er Präsident der Vereinigten Staaten!«

Die Mutter hat ihre Zwillinge gewaschen. Einer lacht unbändig.
Die Mutter: »Was hast du denn? Wieso lachst du so?«
»Du hast Tom zweimal gewaschen und mich gar nicht!«

»Möchtest du nicht aufstehen?«, fragt die ältere Dame Johnny in der Tram.
»Ne, ne, darauf fall ich nicht rein!«, grinst Johnny cool. »Am Ende setzen Sie sich noch auf meinen Platz!«

»Du sollst nicht immer über den Tisch greifen!«, schimpft die Mutter. »Hast du denn keinen Mund?«
»Doch, aber mit der Hand komme ich besser hin!«

Frau Großbach ist untröstlich: »Stellen Sie sich vor, mein Mann wurde von einer Dampfwalze überfahren und ist im Krankenhaus!«
»Auf welchem Zimmer liegt er denn?«
»Auf Zimmer sechs bis acht!«

Kundin zum Verkäufer: »Kann ich das rote Kleid im Schaufenster anprobieren?«
»Wie Sie wollen, aber wir haben auch Kabinen!«

»Beschreibt bis morgen die Tapete in eurem Zimmer!«, gibt der Deutschlehrer den Schülern als Hausaufgabe auf.
Am nächsten Tag steht in Nikos Heft: »Mein Vater hat mir das Beschreiben der Tapete verboten!«

Lukas, der junge Malerlehrling, soll die Fenster streichen. Nach einer halben Stunde kehrt er zurück: »Die Fenster sind fertig! In welcher Farbe soll der Rahmen gestrichen werden?«

»Haben Sie vielleicht in der Nähe einen Polizisten gesehen?«
»Nein!«
»Na dann mal her mit der Brieftasche!«

Sandra fragt ihre Mutter: »Wie viel Zahnpasta ist in der Tube?«
»Das weiß ich nicht genau!«
»Aber ich: vom Bad bis zum Wohnzimmer!«

Thomas: »Maxi, hast du gesehen, wie das Mädchen mich angelächelt hat?«
»Ja, als ich dich das erste Mal gesehen habe, musste ich auch lachen!«

Ein Mann geht zum Arzt und sagt: »Ich weiß nicht, wieso, aber man übersieht mich immer!«
»Der Nächste bitte!«

Eines Tages will der Lehrer einen Scherz machen. Er fordert seine Schüler auf: »Wer sich für dumm hält, soll aufstehen!«

Nach fünf Minuten steht Andy, der Klassenbeste auf.
»Warum denn du?«, wundert sich der Lehrer.
»Ich konnte einfach nicht mehr mit ansehen, wie Sie allein da vorne stehen!«

»Hast du immer noch Streit mit dem Nachbarn?«
»Nein!«
»Dann habt ihr also endlich das Kriegsbeil begraben?«
»Nein, den Nachbarn!«

Der Lehrer: »Na, Theo, wie nennt man einen Menschen, der redet und redet, ohne dass ihm jemand zuhört?«
»Einen Lehrer, Herr Lehrer!«

Vater fragt seinen ABC-Schützen:
»Was habt ihr denn heute in der Schule gelernt?«
»Bis drei zählen!«, antwortet der Kleine stolz.
»Und was kommt morgen dran?«
»Morgen lernen wir, wie man einen Taschenrechner einschaltet!«

Ein Tourist kommt in ein Urwalddorf. Ein Eingeborener fragt ihn nach dem Impfschein und untersucht ihn fachmännisch.
»Ich wusste gar nicht, dass es hier so eine hervorragende medizinische Betreuung gibt!«, freut sich der Tourist.
»Wieso?«, fragt der Medizinmann.
»Sie sind bei der Lebensmittelkontrolle.«

»Mag der Hund kleine Kinder?«
»Ja, sehr! Aber ich kaufe ihm lieber Rindfleisch, das ist billiger!«

Die Lehrerin legt ihren Hut auf den Tisch und lässt darüber einen Aufsatz schreiben. Nach einer Weile meldet sich Sabine: »Frau Lehrerin, schreibt man schäbig mit e oder mit ä?«

Markus streitet sich mit seinem Bruder Martin. »Du kannst so viel quatschen wie du willst!«, brüllt er. »Das geht mir zum einen Ohr rein und zum anderen wieder raus!«
»Klar!«, sagt Martin. »Es ist ja auch nichts dazwischen, was es aufhalten könnte!«

Der nervöse Vater wartet vor der Entbindungsstation. Endlich kommt die Schwester aus dem Kreißsaal, mit Drillingen auf dem Arm.
»Was für ein Service!«, staunt der Vater. »Ich glaube, ich nehme den in der Mitte!«

Was ist der Unterschied zwischen einem Maschinenbauingenieur und einem Bauingenieur?
Maschinenbauingenieure bauen Waffen. Bauingenieure bauen Ziele.

Die Klasse bekommt einen neuen Lehrer. Man drückt, bevor er in die Klasse kommt, einen nassen Schwamm auf seinem Stuhl aus. Nichts ahnend setzt sich der Lehrer, spürt die Nässe, steht ganz langsam auf und stellt dann die logische Frage: »Wen hattet ihr denn in der letzten Stunde?«

»Ich wäre im nächsten Leben am liebsten ein Kamel!«, seufzt Jasper im Büro.
»Geht nicht, Herr Kollege, niemand kann zweimal dasselbe werden!«

Frage bei der Führerscheinprüfung: »Welcher Teil am Auto ist für den Fußgänger am gefährlichsten?«
Darauf der Prüfling: »Der Fahrer!«

Toby: »Herr Lehrer, kann man für etwas bestraft werden, was man nicht gemacht hat?«
»Nein, mein Junge, das wäre ja ungerecht!«
»Ein Glück! Ich habe meine Hausaufgaben nicht gemacht!«

»Mutti, der Jonas Huber hat in der Mathearbeit alle Aufgaben falsch gemacht!«
»Woher weißt du das denn so genau?«
»Ich hab ihn abschreiben lassen!«

»Kein Grund zur Aufregung!«, sagt der Pilot, als er mit dem einzigen Fallschirm aus dem brennenden Flugzeug springt. »Ich hole Hilfe!«

»Du, Vati, wächst du eigentlich immer noch?«
»Nein, wieso?«
»Na, dir kommt der Kopf ja schon oben zwischen den Haaren raus!«

»Haben Sie etwas zu verzollen?«
»Nein!«
»Öffnen Sie Ihren Koffer!«
»Aber ich habe doch gar keinen Koffer!«
»Das ist egal! Vorschrift ist Vorschrift!«

Die Lehrerin: »Was ist der Unterschied zwischen kostenlos und umsonst?«
Darauf Sonja: »Unser Schulbesuch ist kostenlos und was Sie uns beibringen ist umsonst!«

»Papa, du hörst mir ja überhaupt nicht zu!«
Der Vater zerstreut: »Oh doch, ich habe dir sehr wohl zugehört!«
»Das stimmt nicht. Wenn du mir zugehört hättest, wärst du längst wütend geworden!«

»Warum weint denn der Tierwärter?«
»Einer der Elefanten ist gestern gestorben!«
»Ach, hatte er das Tier so lieb?«
»Nö, aber er soll jetzt das Grab schaufeln.«

Jan berichtet: »Morgen ist keine Schule, unser Lehrer verreist!«
»Wohin denn?«
»Ich weiß nicht! Er hat nur gesagt: Schluss für heute, morgen fahre ich fort!«

»Ich verdrehe jeder Frau den Kopf!«, prahlt Martin an der Bar. »Na klar«, meint der Barkeeper, »immer wenn du eine Frau anlächelst, schaut sie ganz schnell auf die andere Seite!«

Der Landarzt fährt mit seiner Frau durchs Dorf.
»Rase doch nicht so!«, schimpft sie. »Wenn jetzt der Polizist um die Ecke kommt!«
»Ach, keine Sorge! Dem habe ich zehn Tage strenge Bettruhe verordnet!«

Fragt der Lehrer: »Kann mir einer von euch eine Flüssigkeit nennen, die nicht gefriert?« Darauf Maxi: »Heißes Wasser, Herr Lehrer!«

»Na, Frau Jäckel«, meint der Arzt, »Sie sehen ja heute schon wieder viel besser aus!«
»Ja, ich hab mich ja auch streng an die Anweisung auf der Flasche mit der Medizin gehalten!«
»Ach, ja? Was stand denn drauf?«
»Stets fest geschlossen halten.«

»Eine schlimme Gegend ist das hier!«, schimpft Jasper. »Meine ganzen Tageseinnahmen sind mir geklaut worden.«
»War es viel?«
»Das kann man wohl sagen: elf Brieftaschen.«

Aus dem Programm der Landwirtschaftsausstellung:
11 Uhr: Eintreffen der Kühe
12 Uhr: Eintreffen der Ehrengäste
13 Uhr: Gemeinsames Mittagessen

Abendgebet eines Neunjährigen: »Lieber Gott, bitte lass London die Hauptstadt von Belgien sein, sonst ist mein Aufsatz falsch!«

»Angeklagter, haben Sie den Einbruch so durchgeführt, wie ich ihn soeben geschildert habe?«
»Nein, aber Ihre Technik ist auch nicht schlecht!«

Tante Gerda ist zu Besuch, und die ganze Familie sitzt beim Kaffee. Plötzlich steht die kleine Clara auf und leckt zum Entsetzen der Anwesenden einmal über das Kleid der Tante.
»Aber, Clara, was machst du denn da?«
»Mutti hat recht, dein Kleid ist wirklich geschmacklos!«

»Hast du zu Johann gesagt, ich sei ein Trottel?«
»Nein, er ist von selbst darauf gekommen!«

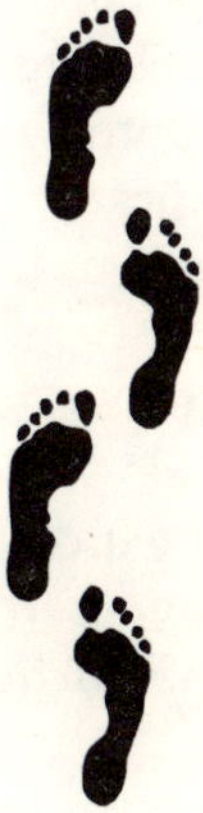

Die Frau kommt früher als sonst von der Arbeit nach Hause und trifft ihren Mann im Schlafzimmer. Sie stellt sich vor ihm hin und flüstert: »Mach sofort meine Bluse auf und zieh sie aus!«
Dann sagt sie »Und jetzt den Rock, aber schnell!«
Dann noch lauter: »Und jetzt den BH, los!«
Zu guter Letzt schreit sie zitternd: »Den Slip auch, sofort! Und wenn ich dich noch einmal in meinen Kleidern erwische, lasse ich mich scheiden!«

Politiker sind unbestechlich, sie dürfen nicht einmal Vernunft annehmen!

Ein Ehepaar aus München beschließt, eine Woche Ferien in Südamerika zu verbringen, um dem eisigen Winter in Deutschland für kurze Zeit zu entfliehen. Weil beide berufstätig sind, haben sie unterschiedliche Abflugtermine. Also ergibt es sich, dass er einen Tag früher abreist und sie erst am nächsten Tag folgt.

Am Urlaubsort angekommen, bezieht der Ehemann das Hotelzimmer. Sofort nimmt er seinen Laptop, um seiner Frau eine E-Mail zu schreiben. Unglücklicherweise lässt er einen Buchstaben der Adresse aus und versendet die Nachricht, ohne den Fehler zu bemerken. In Hamburg kommt gerade eine frischgebackene Witwe von der Beerdigung ihres Gatten. Ein treuer Staatsdiener, der ehrenvoll »heimgerufen« wurde. In Erwartung von Anteilnahme aus dem Freundeskreis prüft sie ihre E-Mails. Plötzlich fällt sie ohnmächtig um.

Der Sohn kommt ins Zimmer, sieht seine Mutter auf dem Boden liegen, blickt auf den Bildschirm und liest:

AN: Meine geliebte Frau

VON: Deinem nun getrennten Mann

BETREFF: Bin angekommen!

Eben bin ich angekommen und habe schon eingecheckt. Ich sehe, dass alles bestens für deine morgige Ankunft vorbereitet ist! Ich freue mich schon, dich wieder zu sehen. Ich hoffe, deine Reise ist genauso angenehm, wie meine!

Dein Mann

P. S. Verdammt heiß hier unten!

dtv
premium

Leo Rosten

Jiddisch

Eine kleine Enzyklopädie

Aktualisiert und kommentiert von Lawrence Bush
Illustriert von R. O. Blechman
Übersetzung und deutsche Bearbeitung
von Lutz-W. Wolff

ISBN 3-423-24327-9

»Leo Rostens Standardwerk erklärt die jiddischen Begriffe äußerst amüsant mit Synonymen, Anekdoten und Witzen. Es ist also auch ein Lexikon des jüdischen Lebens, der jüdischen Soziologie und Geschichte wie auch der Religion. Die deutsche Ausgabe wurde nicht nur kongenial übersetzt, sondern auch kommentiert und um viele wichtige Teile ergänzt. Rostens Buch zu lesen ist ein Vergnügen.«
Arno Lustiger in der ›Welt‹

»Dieses Wörterbuch ist eine Freude.«
Viola Roggenkamp in der ›Zeit‹

dtv großdruck

Lach doch wieder!

Geschichten, Anekdoten,
Gedichte und Witze

Zusammengestellt von
Helga Dick und Lutz-W. Wolff

ISBN 3-423-25137-9

Lachen und Weinen gehören zusammen, und ein bißchen Galgenhumor ist allemal besser als Selbstmitleid und Verzweiflung. Es geht uns besser, wenn wir zu den Dingen und zu uns selbst etwas Distanz haben, das zeigen Peter Bamm, Erma Bombeck, Ilse Gräfin von Bredow, Art Buchwald, Sinasi Dikmen, Trude Egger, Lisa Fitz, Axel Hacke, Ursula Haucke, Johann Peter Hebel, Elke Heidenreich, Inge Helm, Irmgard Keun, Siegfried Lenz, Christian Morgenstern, Christine Nöstlinger, Alexander Roda Roda, Herbert Rosendorfer, Eugen Roth, Hans Scheibner, Michail Sostschenko, Phyllis Theroux, Ludwig Thoma und Kurt Tucholsky.